생텀

이영균 장편 소설

FUSION FANTASTIC STORY

샘텀 1

이영균 장편 소설

초판 1쇄 찍은 날 § 2014년 7월 3일
초판 1쇄 펴낸 날 § 2014년 7월 11일

지은이 § 이영균
펴낸이 § 서경석

편집부장 § 권태완
편집책임 § 박가연

펴낸곳 § 도서출판 청어람
등록번호 § 제387-1999-000006호
등록일자 § 1999. 5. 31
어람번호 § 제1-1888호

주소 § 경기도 부천시 원미구 부일로 483번길 40 서경B/D 3F (우) 420-822
전화 § 032-656-4452 팩스 § 032-656-4453
http://www.chungeoram.com
E-mail § chungeorambook@daum.net

ISBN 979-11-316-9106-9 04810
ISBN 979-11-316-9105-2 (세트)

Sanctum
생텀

이영균 장편 소설

FUSION FANTASTIC STORY

1

책
람

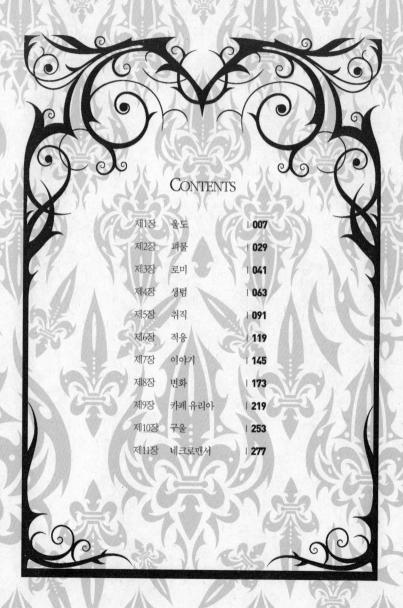

CONTENTS

제1장

울도

띠라리리리!

띠리리리~!

평화로운 일요일 아침, 핸드폰의 벨 소리가 고요한 원룸의 정적을 깨웠다.

무혁은 떠지지 않은 눈을 비비며 손을 더듬어 핸드폰을 집었다.

띠리리리리!

"여보세요……. 문무혁입니다."

─나야.

"……."

―나라고!

아닌 밤중에 홍두깨도 유분수다.

무혁은 대뜸 나라고 소리부터 지르는 상대에게 퉁명스럽게 물었다.

"어디의 도지사도 아니고……. 나라니요. 누구십니까?"

―정신 안 차려? 나야, 편집국장.

"……?! 아~ 네. 편집국장님, 꼭두새벽부터 무슨 일이십니까?"

―꼭두새벽은 무슨 얼어 죽을 꼭두새벽이야. 해가 중천이야~ 중천!

무혁은 핸드폰의 시간을 확인했다.

일요일 오전 9시.

"일요일 아침 9시면 꼭두새벽이 맞습니다."

―속 편한 소리 하고 있네. 기자한테 일요일이 어디 있어?

말인즉슨 맞는 말이다.

무혁은 살짝 꼬리를 내렸다.

"쩝, 휴일 없는 직업을 가졌다는 암울한 현실을 상기시켜 주려고 전화하시진 않았을 테고……. 무슨 일인지나 말씀하세요."

—기자에게 일은 당연히 사건이지. 안 그래? 문 기자가 맡아줘야 할 사건이 있어.

"무슨 사건인데요?"

—옹진군에 울도란 섬이 있어. 그 섬에서 여행객 2명이 처참하게 살해당했다는 첩보야. 다른 신문사가 눈치채기 전에 후딱 달려가.

"저기… 살인 사건이면 사회부 담당 아닙니까? 전 문화부 소속인데요."

—신문사 사정 몰라서 그래? 내가 개인적으로 아는 경찰을 통해 들어온 소식이니까, 놓치면 알아서 하라고.

투덜댔긴 했지만 이해하지 못할 상황은 아니다.

발행부수 10위 안에도 못 들어가는 중소 신문사에 여유 있는 기자가 있을 리 없다. 얼어걸린 특종을 버릴 수 없으니 그나마 한직인 문화부가 땜빵하라는 이야기다.

어쨌거나 천금 같은 일요일을 고스란히 반납하게·생겼다.

설움 폭발이지만 달리 도리가 없다.

월급쟁이란 원래 그런 것이다.

*　　*　　*

울도는 행정구역상으로 인천광역시 옹진군 덕적면 울도리

에 속한 작은 섬이다.

무혁은 인천 연안 여객터미널에서 덕적도행 쾌속선에 몸을 실었다.

인천에서 울도까지는 직행편이 없어 덕적도에서 배를 갈아타야 했다.

덕적도의 진리도우 선착장까지는 쾌속선으로 80분이 걸렸다.

한가로워야 할 덕적도의 진리도우 선착장은 휴일을 맞아 낚시와 나들이에 나선 낚시꾼과 여행객들, 그리고 경찰들로 북새통을 이루고 있었다.

'왜 저 난리야?'

무혁은 연인으로 보이는 남녀에게 다가가 그중 남자에게 물었다.

"상당히 시끄럽네요. 무슨 일입니까?"

"울도 배가 안 뜬대요."

"왜요?"

"몰라요. 말을 안 해줘요. 아씨, 큰맘 먹고 왔는데."

아마도 여자 친구와 섬에 들어간 후 때마침 배가 끊겨 하룻밤을 보내는 고전적 스토리를 구상하고 왔음직한 청년의 표정은 하늘이라도 무너진 것처럼 억울해 보였다.

무혁도 청년과는 다른 의미로 난감해졌다.

경찰이 입도(立島)까지 막을 정도면 울도의 상황이 심각하다는 이야기다.

'아직 범인이 검거되지 않았을지도 모르잖아? 돌겠네.'

선착장을 지키고 있던 경찰에게도 넌지시 물어봤지만 입도 통제는 상부의 명령이며 자신도 자세한 사항은 모른다는 대답이 돌아왔다.

길이 없어진 무혁은 편집국장에게 전화를 걸었다.

사정을 이야기했지만 편집국장은 단호했다.

─다른 신문사에서는 아직까지 냄새를 못 맡았어. 무조건 들어가. 헤엄쳐서라도 들어가서 기사를 써. 아니면!!

'아니면' 다음에 올 단어는 뻔했다.

취업률이 바닥을 기는 현실과 분노한 편집국장의 얼굴이 어지럽게 교차했다.

무혁은 얼른 말했다.

"수단과 방법을 가리지 않고 취재를 하겠습니다."

─그래! 바로 그런 정신이야. 기자는 특종을 위해서는 수단과 방법을 가리지 말아야 한다고. 아~ 그리고 범행 현장은 울도 등대야. 울도 등대.

"네? 네······."

편집국장은 단어를 잘못 사용했다.

기자가 수단과 방법을 가리지 많아야 할 대상은 특종이 아니라 진실이다.

어쨌든 방법을 찾아야 했다.

'배를 임대하자.'

좋은 생각 같았다.

진리도우 선착장에는 정박 중인 낚싯배가 많았다.

무혁은 선장을 찾아가 말을 걸었다.

"울도에 가고 싶은데……."

선장들은 약속이나 한 것처럼 하나같이 고개를 저었다.

"마음이야 당장에라도 나가고 싶지. 그런데 경찰들이 빤히 보고 있는 상황에서 어떻게 나가누."

"……."

그렇다고 포기할 수는 없었다.

한참을 궁리 끝에 무혁은 아직 말을 걸지 않은, 가장 낡아 보이는 낚싯배로 접근했다.

선장은 배의 선령만큼이나 나이가 많아 보였다.

"덕적도 일주를 하고 싶은데요."

"일주? 낚시는 안 하고?"

"그렇습니다. 사진 좀 찍고 싶어서요."

무혁은 취재용으로 가지고 다니는 커다란 DSLR카메라를 보여주었다.

"사진작가인가 보네그려. 출발하자고."

"감사합니다."

"감사는 무슨 감사, 요즘 같은 불경기에 내가 더 감사하지."

출항이 결정되자 선장은 핸드폰부터 들었다.

"아~ 조 순경. 해풍호 김 선장이야, 손님이 덕적도 일주를 하고 싶어 하셔서 출항하려고. 울도? 아냐, 아냐. 그려, 수고해."

"……."

통화 내용으로 보아 해경파출소에 출항 신고를 하는 것 같았다.

선착장을 떠난 배가 섬을 반 바퀴쯤 돌자, 슬그머니 선장에게 다가간 무혁이 말했다.

"어르신, 사실은 전 사진작가가 아니라 기자입니다."

"기자? 어느 신문사?"

"대한일보입니다."

기자라는 말에 선장의 얼굴에 경계의 빛이 짙어졌다.

"그런데 기자가 무슨 일로 거짓말까지 하면서 내 배를 탔누."

"제가 울도에 가야 해서요."

"울도? 안 돼. 경찰들이 가지 말라고 했다고……."

"어차피 법적 효력이 있는 권고도 아니잖습니까."

"아무리 그래도……."

"데려다만 주시면 하루 용선료의 두 배를 드리죠."

잠시 눈빛이 흔들렸지만 그래도 선장은 고개를 흔들었다.

"해경에게 밉보이면 여러모로 애로가 꽃피는지라……."

여기서 멈출 순 없다.

무혁은 단호하게 말했다.

"세 배!"

선장도 단호하게 대답했다.

"까짓것 가보자고. 나중에 뭐라고 하면 소주나 한잔 사면
되지 뭐."

기자가 가장 좋아하는 유형의 인간은 말이 많은 인간이다.

다행스럽게 선장은 말이 많았다.

"원래 덕적도에서 울도까지는 차도선 나래호가 하루 한 차
례 운항을 하지."

"차도선이 뭡니까?"

"그 뭐시기냐. 있잖아. 차와 사람을 함께 싣고 다니는 철
선. 앞이 열리고."

"아~"

"어쨌든 나래호는 완행이야, 완행. 중간에 여러 섬을 들러
야 해서 울도까지 한 3시간 걸려. 하지만 내 해풍호는 한 시
간 반이면 충분해."

"그렇군요."

"그런데 울도에 무슨 일이라도 생긴 건가? 경찰들도 그렇고 기자 양반까지 배를 빌려서까지 가려고 하니 말이야. 혹시… 무장공비?"

"무장공비는요. 그렇다면 경찰이 아니라 군이 나섰겠지요."

"하긴……. 그래도 말이지, 세상이 워낙에 흉흉하지 않은가. 몇 해 전 벌어졌던 천안함 사건도 그렇고……. 그나저나 점심은 먹었어?"

"아침부터 쫄쫄 굶고 있는 중입니다."

"다 먹자고 하는 일인데 먹어가며 해야지. 라면 먹을텨? 배에서 먹는 라면 맛은 또 일품이지."

"감사합니다, 어르신."

잠시 무혁에게 키를 맡긴 선장은 선창에서 우럭 한 마리를 꺼내더니 해물라면을 끓여주었다.

선장의 장담대로 바닷바람을 쐬며 선상에서 먹는 라면 맛은 일품이었다.

다만 워낙에 작은 배라서인지 유동이 심해 멀미가 몰려와 다시 토해내서 문제였다.

반쯤 기절한 상태로 멀미와 싸우다 보니 선장이 소리쳤다.

"다 왔어. 저 섬이여."

울도는 동쪽에서 서쪽으로 완만하게 굽은 활 형상을 한 작은 섬이었다.

선장에게 선착장이 아닌 섬 뒤편에 배를 대달라고 부탁한 무혁은 생수 한 통을 얼굴에 부어 겨우 정신을 추스른 후 카메라를 들었다.

'우선 스케치부터⋯⋯. 빌어먹을 편집국장, 카메라 기자 한 명 안 붙여주다니⋯⋯.'

편집국장을 저주하며 셔터를 누르던 무혁의 눈에 특이한 형태의 섬 하나가 포착되었다.

울도보다 작아 보이는 섬은 아무리 봐도 도깨비의 머리 형상과 비슷해 보였다.

'신기한 모양이야.'

호기심에 스마트폰을 꺼내 위성지도를 확인하니 하늘에서 본 섬의 모습은 더욱 이상했다.

섬은 방파제에 막힌 중앙의 만을 중심에 둔 초승달 모양이었다.

'시위를 당기지 않은 잔뜩 굽은 활처럼도 보여.'

무혁이 섬에 관심을 보이자 말 많은 선장이 끼어들었다.

"저 섬? 선갑도여~ 선갑도."

"방파제가 모양이 특이하네요. 한쪽은 뚫려야 배가 드나들 텐데, 막혀 있어요."

"예전에 양식장을 하려고 막아서 그래. 그런데 바닷물이 순환이 안 되는 바람에 수질이 엉망이 돼서 포기해 버렸지."

"선갑도에도 사람이 삽니까?"

"아녀. 아무도 안 살아. 귀신 들린 섬이거든."

"귀신이라니요?"

"저 섬 역사가 워낙 기구해야 말이지. 6·25 동란 때 미군 켈로 부대가 주둔했었고, 70년대에는 국군의 북파부대가 훈련한 곳이기도 하거든."

"……."

특전사 하사관으로 군복무를 마친 무혁은 선장이 언급한 켈로 부대와 선갑도 부대에 대해 알고 있었다.

켈로 부대는 KLO부대(Korea Liaison Office:주한 첩보 연락처)를 말한다.

미국 극동군사령부가 1949년 6월 1일 북한지역 출신 청년들로 조직한 북파 공작 첩보부대로 한국전쟁 동안 수많은 비밀작전을 수행하며 무수히 많은 희생을 치렀고, 전후 대한민국 국군 특수부대의 모태가 되기도 한 부대다.

선갑도 부대는 1968년 1월, 북한 김신조 일당의 청와대 기습사건에 대한 보복 공격을 위해 창설된 육군 첩보부대(AIU) 산하 902정보부대 803대를 일컫는다.

실미도 부대에 비해 유명하진 않지만 동족 분단 비극의 상처가 고스란히 남아 있다는 점만큼은 절대 뒤지지 않는다.

무혁이 상념에 젖어 있든 말든 선장의 입은 쉬지 않았다.

"그 뒤로 김영삼 정부 때지 아마. 한 개인이 저 섬을 사서 양식장을 만들려 했었어. 그 흔적이 바로 저 방파제지. 아까 말했던 대로 실패했지만 말이야. 그러다가 한 10여 년 전쯤인가? 나라에서 선갑도를 몰래 사서 핵폐기물 처리장을 만들려고 했었어. 그런데 그 일이 환경단체하고 덕적도 사람들에게 알려졌지. 난리도 아니었어. 결국 주민 반발과 무슨 지질 문제 때문에 포기하기도 했지. 요새는 외국의 무슨 회사에서 구입해 가지고 리조트를 짓는다고 하더라고."

"잘됐네요. 리조트가 지어지면 귀신 들린 섬이란 오명은 벗을 것 아닙니까?"

선장은 크게 콧방귀를 뀌었다.

"리조트는 무슨 얼어 죽을 리조트, 선갑도 별명이 원래 뱀섬이여, 뱀섬. 하도 뱀이 많아서 붙여진 별명이란 말이지. 그런데 그런 섬에다 어떻게 리조트를 지어."

"……."

그 어느 외국 회사는 이런 현지인의 생생한 증언을 들을 기회가 없었을 것이다.

외국 회사의 불행을 동정하며 무혁은 선갑도에서 관심을 끊었다.

'나하고는 상관없는 일이니…….'

아름다운 울도의 해변을 끼고 항해하던 해풍호가 울도의 해변에 접안했다.

울도는 중앙이 잘록한 반월도 모양을 하고 있었고 무혁이 내린 곳은 반월도의 등 부분에 위치한 조그만 만이었다.

IT선진국답게 서해의 외딴 섬 울도에서도 핸드폰은 터졌다.

"혹시 모르니 전화드리면 다시 와주십시오."

"또?"

"세 뱁니다."

"전화만 혀."

낚싯배가 떠나자 무혁은 스마트폰으로 위치를 확인해 둔 울도 등대로 행했다.

울도 등대는 울도에서 가장 높은 해발 240m 고지에 위치해 있었다.

'거리도 7~800m에 불과해. 가보자구.'

무혁은 앞으로 닥쳐올 기묘한 사건도 모른 채 힘차게 걸음을 옮겼다.

*   *   *

등대를 향해 걸음을 옮기다 보니 스스로 한심하다는 생각이 들었다.

'아직 범인이 안 잡혔을 수도 있잖아.'

무혁은 고개를 저었다.

기본적으로 대한민국 경찰은 우수하다.

주민이 불과 30명밖에 살지 않는 좁은 섬에서 아직도 범인이 검거되지 않았을 확률은 한없이 제로에 수렴했다.

설령 검거되지 않았다 하더라도 범인도 백주대낮에 섬을 활보할 만큼 어리석지는 않을 것이란 생각도 들었다.

솔직히 스스로의 능력에 대한 믿음도 있었다.

무혁은 특전사 저격수 출신이다. 전역 후 따로 무술을 수련한 적은 없지만 주먹질로 남에게 져본 기억은 없다.

30분을 아름다운 서해의 바다가 내려다보이는 산길을 걷자 멀리 등대와 등대를 둘러싼 노란색 폴리스 라인이 보였다.

외딴 섬, 그것도 산꼭대기 하얀색 등대를 감싸고 설치된 폴리스 라인은 그 존재 자체가 비현실적이었다.

'여기가 사건 현장인 모양인데… 경찰들이 안 보여. 어떻게 할까.'

무혁은 특종과 범법 사이에서 잠시 망설였다.

'빌어먹을…….'

편집국장의 얼굴이 떠올랐다.

결론은 하나였다.

'넘어가자.'

무혁은 차단선을 넘었다.

그리고 바로 그 결정을 후회했다.

단언컨대 평생 단 한 번도 이런 광경을 본 적이 없었다.

등대라 하면 푸른 하늘을 배경으로 우뚝 솟은 하얀색 원형의 건물을 연상하게 마련이다.

그러나 울도 등대는 붉었다.

"…세상에……."

무혁은 등대를 붉게 물들인 원인을 찾았다.

먼저 등대에 기대어 세워진 나무 기둥이 보였다.

기둥 꼭대기에는 혀를 내민 인간의 머리가 꽂혀 있었다.

그리고 머리 밑에는 원래는 등산복이었을 형광색 옷감들이 바람에 나풀거리며 흔들리고 있었다.

기둥 아래는 더 처참했다.

갈기갈기 찢긴 살점이 무더기를 이루며 쌓여 있었다.

더 볼 것도 없이 등대의 하얀 벽면을 붉게 물들이고 있는 것은 인간의 피가 분명했다.

구역질이 나왔다.

"우욱!"

그래도 사진은 찍어야 했다.

뷰파인더를 통해 보는 등대는 마치 성황당처럼 보였다.

'아냐.'

그것은 성황당이라기보다는 어떤 절대자에 대한 기원을 담은 주술적 의미의 토템이나 제단에 가까웠다.

제단은 견고한 악의를 뿜어내고 있었다.

'인간이 이런 일을 저지를 수 있을까?'

아무리 생각해도 이해가 가지 않았다.

무혁의 생각은 잔뜩 화가 난 목소리들에 의해 중단되었다.

"당신 누구야?"

"여기 들어오시면 안 됩니다."

마을 쪽에서 등대로 올라오는 길 초입에서 40대로 보이는 경찰관과 조금 더 젊어 보이는 경찰관이 삿대질을 하고 있었다.

무혁은 얼른 자신을 소개했다.

"전 대한일보 문무혁 기자입니다."

"기자? 환장하겠네. 어떻게 냄새를 맡고 왔대."

40대 경찰관은 말을 조심하지 않았다.

그러나 젊은 경찰관은 나이 먹은 경찰보다는 유화적이었다.

"전 덕적 파출소 이호영 순경입니다. 이분은 같은 서, 박두식 경장님이시구요. 문 기자님은 범죄 현장을 손상시키고 계십니다. 빨리 밖으로 나와주십시오."

정중한 요청이라 달리 반발할 여지가 없었다.

사진도 다 찍었고 경찰관들에게 물어볼 말도 많은 무혁은 폴리스 라인을 빠져나왔다.

무혁은 명함을 내밀며 정중하게 물었다.

"어떻게 된 일입니까?"

자세히 보지도 않고 명함을 주머니에 쑤셔 넣은 박두식 경장은 여전히 퉁명스러웠다.

"몰라요, 몰라."

"안 알려주는 게 아니라 모르신다는 말씀이십니까?"

"그렇다 안 합니까?"

기자와 마찰을 일으켜 좋을 것이 없다고 판단했는지 이호영 순경이 나섰다.

"본서에서 나온 수사관들이 섬에 거주 중인 주민을 모두 모아서 탐문수사를 진행하고 있습니다. 저희는 현장 보전을 위해 경비를 서고 있었구요. 그런데 문 기자님은 어디로 오셨습니까?"

"섬 반대쪽에서 왔습니다."

"그래서 저희가 못 봤군요. 그나저나 문 기자님 때문에 저희가 곤란해졌습니다."

기자가 현장에 들어왔으니 경비를 서고 있던 경찰의 입장에서는 그럴 만도 했다.

멋쩍어진 무혁은 분위기를 바꾸기 위해 얼른 질문을 쏟아냈다.

"고의는 아니었습니다. 그런데 범인은 잡혔습니까?"

"말씀드렸다시피 수사 중입니다."

"혹시 정신병자나 사이비 종교의 주술적 의식일 가능성은 없습니까?"

"아직까지는 말씀드릴 내용이 없습니다."

이호영 순경은 나이답지 않게 노련했다.

그는 원론적인 대답으로 질문을 피해갔다.

두 사람의 대화를 지켜보던 박두식 경장이 끼어들었다.

"이놈의 섬이 귀신이 들어서 그래, 귀신이."

선갑도에 이어 오늘 벌써 두 번이나 귀신 든 섬이란 이야길 듣는다.

흥미가 생긴 무혁은 되물었다.

"무슨 말입니까? 귀신이라니요?"

"94년인가 5년인가 말이여, 여기 경찰초소 순경 하나가 회까닥 돌아서 M16을 난사했단 말이지. 다행히 사람은 안 상했지만 귀신이 안 들었으면 그런 일이 왜 생겼겠어."

"그… 그렇군요."

고독한 섬 생활과 폐쇄적인 섬마을의 풍토에 더해 가벼운 말다툼이 더해지면 인간은 얼마든지 악마와 닮을 수 있다고 말해주고 싶었지만 무혁은 목까지 넘어온 말을 집어삼켰다.

취재원의 화를 거스르는 기자는 기자가 아니다.

무혁은 다시 대화의 주제를 바꿨다.

"피해자들은 누굽니까? 두 명이라던데……."

기자가 알고 있는 정보를 존재하지 않는 제삼자의 입을 빌어 말하는 것 또한 취재 기술이다.

"누가 기자 아니랄까 봐 거기까지 알고 왔네. 맞아, 두 명. 어제 배로 들어온 관광객. 주소지는 서울, 연인 관계야."

무혁은 얼른 수첩을 꺼내 박두식 경사가 불러주는 인적사항을 메모하려 했다.

그 찰라 갑자기 이호영 순경의 표정이 변했다.

"저기… 저기……."

"뭐야? 갑자기."

이호영 순경은 말 대신 손가락으로 등대 옆을 가리켰고 무혁과 박두식 경사의 시선이 그 손가락을 따라 움직였다.

"……?!"

"……!!"

공기가 없으면 사람은 죽는다, 라든가 물이 없으면 사람은

죽는다는 법칙같이, 깊이 생각하지 않더라도 알 수 있는 법칙
들이 있다.

　손가락 끝에 서 있는 '그것'의 존재도 그랬다.

　굳이 이유를 댈 필요 없이 '그것'은 이 기괴한 살인 사건의
범인이었다.

제2장

괴물

Sanctum

'그것'의 키는 150㎝가량으로 보였다.

입은 멧돼지처럼 뾰쪽한 두 쌍의 송곳니가 위아래로 튀어나왔고, 피부색은 녹즙을 들이부은 것 같은 녹색이었다.

무엇보다 인상적인 것은 온몸을 감싼, 터질듯 꿈틀거리는 근육이었다.

그 근육들은 언젠가 인터넷을 통해 접한 적이 있는 탈모증 걸린 침팬지의 그것과 비슷했다.

침팬지는 털 속에 생고무 같이 탄력 있는 거대한 근육을 감추고 있었고 그 근육으로 성인 남자보다 4배의 근력을 발휘

한다고 했다.

그러나 무혁은 곧바로 생각을 고쳐먹었다.

'침팬지일 리 없잖아!'

그 증거로 그것은 핏물에 젖은 가죽 천을 허리에 두르고 있었고, 손에는 역시 핏물에 물든 녹슨 정글도 비슷한 무기를 들고 있었다.

단언할 수 있었다.

그것은 절대로 지구상에 존재하지 않는 생명체였다.

그런데 박두식 경장의 생각은 좀 다른 듯했다.

"뭐야, 저 사람은? 분장한 건가?"

무혁은 자기도 모르게 박두식 경장의 말에 수긍하고 말았다.

저런 생명체가 세상에 존재하지 않는 이상 박두식 경장의 말은 지극히 합리적으로 들렸다.

같은 생각이었는지 이호영 순경이 그것 쪽으로 다가가며 말했다.

"덕적 파출소, 이호영 순경이라고 합니다."

바로 대답이 돌아왔다.

"꾸에에에엑!"

그 소리는 언젠가 들어본 기억이 있는 돼지 멱따는 소리와 비슷했다.

소리를 들은 무혁은 박두식 경장이 틀렸고 자신이 옳았음을 확신했다.

'저건 인간이 분장을 한 것 따위가 절대 아냐.'

한 번의 포효가 그것을 비현실에서 현실로 이끌어냈다.

아직 상황을 파악하지 못했는지 이호영 순경이 다시 물었다.

"당신, 어디서 오셨습니까? 그 칼은 뭡니까?"

"꾸에에에엑!"

'그것'이 칼을 하늘로 치켜 올리며 고함을 질렀고 거의 동시에 무혁은 카메라를 들어 올렸다.

기자로서의 본능이었지만 그 행동은 실수였다.

갑작스러운 움직임에 자극받은 '그것'이 움직였다.

"꾸에에에에엑!"

당황한 이호영 순경이 소리쳤다.

"멈춰."

'그것'은 멈추지 않았다.

이호영 순경과 그것과의 거리는 불과 10m였다.

'그것'은 몇 번의 도약으로 단숨에 거리를 좁힌 후 정글도를 휘둘렀다.

"꾸에에엑!"

이호영 순경의 머리가 피 분수를 뿜으며 푸른 하늘에 포물선을 그렸다.

그 광경은 보면서도 믿기 힘들 정도로 기괴해 보였다.

"저, 미친 새끼!"

박두식 경장이 욕지거리를 내뱉으며 차고 있던 권총을 빼들었다.

"꾸엑!"

'그것'은 이호영 순경의 머리가 땅에 떨어지기도 전에 박두식 경장의 지근까지 접근한 상태였다.

탕!

박두식 경장이 그것을 향해 권총을 발사했다.

그러나 '그것'은 아무런 영향도 받지 않았다.

'공포탄.'

경찰들은 첫 발을 공포탄으로 장전한다.

그 생각이 든 순간 무혁은 몸을 옆으로 굴렸다.

"피해!"

두 번째 총탄이 발사되기도 전에 '그것'이 휘두른 정글도가 박두식 경장의 가슴을 사선으로 갈랐다.

"아아아악!"

박두식 경장의 가슴에서 뿜어져 나온 피보라가 대지를 직셨다.

쓰러진 무혁은 정글도를 휘두르는 '그것'의 눈동자를 보았다. '그것'의 노란색 눈동자 속에는 티끌만큼의, 작은 감정의 편린조차 느껴지지 않았다.

'그것'에게 살인은 자신이 아침마다 마시는 자판기 커피 한 잔처럼 일상에 불과할지 모른다는 생각이 들었다.

"꾸엑!"

'그것'이 움직였다.

다음 목표는 무혁이었다.

"꾸엑!"

포효와 함께 검이 날아왔다.

'제발!'

무혁은 플래시가 터지길 기도하며 카메라의 셔터를 눌렀다.

기도는 받아들여졌다.

팍!

플래시의 밝은 섬광이 순간 '그것'의 눈을 멀게 만들었다.

"꾸에에엑!'

'그것'과 무혁과의 거리는 불과 3m 정도에 불과했다.

무혁은 기다시피 몸을 움직여 박두식 경장이 떨어뜨린 권총을 집어 들었다.

그리고 '그것'을 겨냥했다.

빗맞을 거라고는 생각도 하지 않았다.

특전사 저격수로서 익힌 사격 실력은 육체가 기억하고 있었다.

탕!

탕!

발사한 두 발의 총알이 송곳니를 드러내며 달려들고 있는 '그것'의 가슴에 명중했다.

"꾸에에에엑!"

"······."

분명 두 발의 총알은 명중했다.

그러나 '그것'은 멈추지 않았다. 오히려 '그것'은 선불 맞은 멧돼지처럼 무혁에게 달려들었다.

'젠장!'

방법은 하나뿐이었다.

무혁은 남은 총알을 '그것'의 미간에 쏟아부었다.

탕!

탕!

탕!

"꿰!!"

단발마의 비명과 함께 그것이 쓰러졌다.

그러나 '그것'의 생명력은 악마와 같이 질겼다.

'그것'은 생명의 기운이 빠져나가는 마지막 순간 검을 쭉 내밀었다.

스걱!

"끄억!"

검이 무혁의 가슴을 정확하게 찌르고 들어왔다.

질 나쁜 이물질이 허락 없이 몸에 들어오는 느낌은 토할 만큼 역겨웠다.

곧이어 너무나 익숙한 고통이 전신을 사로잡았다.

'오랜만이야.'

어둠이 시야를 덮었다.

무혁은 그 어둠을 받아들였다.

*   *   *

무혁이 쓰러지고 난 바로 직후, 울도 등대에 두 명의 남자가 나타났다.

스와트 팀이나 입을 것 같아 보이는 검은 전투복 위에 은빛 철판으로 만든 갑옷을 덧대 입은 두 남자는 펼쳐진 참상에 치를 떨었다.

"환장하겠네."

"어쩔 수 없었죠, 말콤 대장. 저놈이 이 섬까지 헤엄쳐 올 줄을 누가 상상이나 했을까요."

"처음 두 명이 죽었을 때 알았으면 이 사람들은 안 죽었을 것 아냐."

"그래도 그나마 다행이죠. 한국 경찰들이 사살했으니 망정이지 안 그랬으면 대량 학살이 벌어졌을 겁니다."

"미친 오크 새끼."

말콤 대장은 분이 안 풀리는지 욕설을 내뱉으며 자신이 오크라고 부른 괴물의 시체를 발로 찼다.

"응?"

말콤 대장이 무혁의 시체를 가리키며 말했다.

"랜슨, 오크는 경찰들이 사살한 게 아냐. 아무래도 이 남자가 한 것 같은데? 권총을 이 남자가 들고 있잖아."

"그러고 보니 대단한 솜씬데요? 권총으로 가슴에 두 발, 미간에 세 발을 집중시켰잖습니까. 보통 상황이 아니었을 텐데요."

랜슨은 가슴에 오크의 검이 꽂혀 있는 무혁에게 순수하게 감탄했다.

자신이 무혁과 같은 상황에 처해 있다고 가정했을 때 무혁과 같이 대처할 수 있을지 확신할 수 없었기 때문이다.

랜슨은 생전 처음 봤을 오크와 분연히 맞선 남자를 자세히 살폈다.

이상한 점이 보였다.

가슴이 움직였다.

"어? 대장! 이 남자 살아 있는데요?"

"뭐야?"

"아직 숨이 붙어 있습니다. 이대로 두면 얼마 못 버티고 죽겠지만요."

"돌겠네. 총소리를 들은 경찰들이 몰려올 텐데……."

"이 남자를 어떻게 하죠?"

"어쩔 수 없지. 데려가자."

"올리비아가 좋아하지 않을 겁니다."

"그래도 그냥 죽게 놔둘 수는 없잖아."

"전 모릅니다."

"쓸데없는 소리 하지 말고 오크 시체나 챙겨. 이 남자는 내가 맡을 테니."

"알겠습니다."

랜슨이 100kg은 족히 넘어 보이는 오크 시체를 가볍게 들어 올렸다.

말콤 대장도 조심스럽게 무혁의 몸을 안아 들었다.

"슬슬 사람들 소리가 들린다. 어서 가자."

"넵, 대장."

두 사람이 울도 등대에서 사라졌다.

그들의 움직임은 무거운 오크 시체와 결코 작은 편이 아닌 무혁을 들고 있음에도 깃털처럼 가벼웠다.

제3장

로미

Sanctum

칼이라고 부르기에는 너무 뭉툭하고 거친 철판 쪼가리가 가슴을 찔러왔을 때 무혁은 잊고 있었던 친숙한 느낌을 기억해냈다.

'정말 오랜만이야.'

무혁은 의식을 잃으면서 과거의 기억을 떠올렸다.

고통은 무혁의 친구였다.

대학교를 입학한 바로 그해 봄이었다.

새내기 대학생이었던 무혁은 학교 정문 앞에서 중국집 배달 오토바이와 충돌하는 교통사고를 당했다.

교통사고라고는 하지만 몇 군데 가벼운 생채기만 났을 뿐 그리 심각한 사고는 아니었다.

무혁은 오히려 자신보다 더 심하게 다친 배달부를 119를 불러 병원으로 보내고 정상적으로 수업을 들었다.

그렇게 수업을 마치고 동기들과 술까지 한잔하고 돌아온 그날 밤 문제가 생겼다.

무혁은 술 냄새와 땀을 씻어내기 위해 샤워기를 틀었다.

그리고 그 순간 고함을 지르며 기절해 버렸다.

물방울이 피부에 닿는 순간 단 한 번도 경험해 본 적 없는 엄청난 고통이 밀려왔기 때문이었다.

비명 소리에 놀란 부모님에 의해 응급실로 실려 간 무혁은 CRPS(복합부위통증증후군)이라는 진단을 받았다.

CRPS는 피부에 바람만 불어와도, 옷깃에 살짝 스치기만 해도 불에 태워지는 듯한 고통을 준다는 희귀병이라고 했다.

진단을 내린 의사는 산모가 아이를 낳은 고통을 7이라고 가정할 때 손가락을 절단하는 고통이 9이고 온몸을 불로 태우는 고통이 10이라고 설명했다.

그리고 CRPS는 평소에 9, 심하면 10 이상의 고통을 30분 넘게 겪게 만든다고 덧붙였다.

진단을 내린 의사는 돌팔이가 아니었다.

오히려 너무 우수해, 그 진단이 정확해서 문제였다.

톱으로 사지를 난자하고 갈고리로 살점을 긁어내는 것 이상의 고통이 영원히 반복되었다.

지옥의 나날이었다.

알려진 모든 치료 방법을 동원했지만 고통은 멈추지 않았고 오히려 그 수준과 횟수를 더해갈 뿐이었다.

최후의 방법으로 마약 계열의 진통제가 처방되었다.

무혁은 마약 기운에 취해 6개월을 살았다.

그러나 마약 계열의 진통제로도 고통을 완전히 잠재울 수 없었다.

그리고 그 기간 동안 무혁의 정신은 피폐하다 못해 건기의 고비사막처럼 바짝 메말라 버렸다.

185㎝에 90kg였던 건장한 신체 역시 사라지고 50kg도 안 되는 뼈만 남아 움직이는 거죽만이 무혁의 존재를 증명했다.

고통에 지친 무혁은 진지하게 자살을 고민했다.

어느 곳, 어느 순간에도 희망은 존재하지 않았다.

견디기 힘든 이 지긋지긋한 고통을 안고 평생을 살아갈 자신이 없었다.

절망이 쌓이고 쌓여 산을 이루던 어느 날, 담당의사가 무혁을 찾아왔다.

의사의 뒤에는 금발의 외국인이 서 있었다.

의사는 외국인이 생텀 코퍼레이션이라는 미국 바이오테크

놀로지 회사의 연구원이라고 했다.

외국인은 자신이 개발한 CRPS치료제를 테스트할 환자를 찾고 있다고 말했다.

생명이 위험할 수도 있고 부작용도 생길 수 있다는 경고도 덧붙였다.

무혁은 두 번 생각하지 않고 제의를 받아들였다.

바로 지금 당장, 치 떨리게 지긋지긋한 이 고통에서 벗어나는 일보다 중요한 일은 존재하지 않았다.

두 달 동안 이어진 치료는 그때의 기억을 떠올리는 것만으로 구역질이 날 정도로 힘들었다.

무혁은 그 험난한 과정을 견뎌냈다.

아이러니하게도 CRPS는 웬만한 고통은 고통으로 느껴지지 않을 만큼 적응되어 버린 신체와 그 과정에서 덤으로 얻어진 강한 정신력을 선물로 안겨주었다.

기적이 일어났다.

다행히 신약은 효과가 있었고 무혁은 CRPS의 악몽에서 벗어났다.

병마에서는 벗어났지만 인생의 쓴맛은 그때부터 시작이었다.

오랜 투병 생활 덕에 집의 경제 사정은 엉망 단계를 넘어

파산 단계로 접어들고 있었다.

무혁은 학교를 휴학하고 특전하사관으로 자원입대했다.

돈을 벌기 위해서라면 타군의 하사관도 있었지만 무혁이 특전하사관을 선택한 이유는 단순했다.

CRPS는 고통도 주었지만 그 고통을 이기는 인내심과 정신력을 선물처럼 남겨주었다.

무혁은 그 능력이 특전사에서 유용하게 쓰일 것이라고 예상했다.

그 예상은 적중했다.

군 생활은 할 만했다.

아니, 오히려 체질이었다.

자신감을 가지게 된 무혁은 인내심을 극한까지 테스트하는 저격수 훈련에 자원했다.

그 선택 역시 탁월했다.

단 100m를 일주일에 걸쳐 전진하는 은밀 침투 훈련도, 폭설이 내린 강원도 산속에 처박혀 비트를 구축하고 보름을 동면하는 생존 훈련도 그가 겪고 극복했던 고통에 비하면 천국처럼 느껴졌다.

*　　　　*　　　　*

잊었던, 아니, 잊었다고 생각했던 고통이 악마의 혓바닥처럼 온몸을 핥아댔다.

'제발……'

온몸을 불구덩이에 처박은 것 같은 지독한 통증이 엄습했다.

'다시는 CRPS의 고통을 경험하는 일이 없을 줄 알았어.'

이 고통이 덜어진다면 악마에게 영혼도 팔 수 있을 것 같았다.

'아~'

악마가 무혁의 소원을 들어주었다.

가슴에서 시작되어 온몸을 불사르던 지옥의 불길이 차츰 잦아들었다.

그리고 목소리가 들렸다.

여성의 목소리였다.

"이제 괜찮아요."

무혁은 천천히 눈을 떴다.

하얀색 천장, 천장 중앙의 하얀 형광등, 그리고 한 여인이 무혁을 내려다보고 있었다.

폭포수처럼 흘러내린 금발 머리, 남태평양의 푸른 바닷물 색깔을 닮은 에메랄드 빛 눈동자, 통속적인 표현이지만 백옥 같은 피부와 그런 피부 때문인지 상대적으로 붉게 보이는 입술, 그리고 오뚝한 콧날.

'악마가 아니라 천사였어.'

천사의 입술이 열렸다.

"불편한 곳은 없어요?"

"아~"

망상에서 깨어난 무혁은 몸을 움직여 보았다.

불편하지도 아프지도 않았다.

"괜찮습니다."

"다행이에요."

천사가 환하게 웃었다.

"정말 다행이에요."

하마터면 무혁도 따라 웃었을 만큼 아찔한 미소였다.

무혁은 며칠 후 이불 속에서 발을 동동거리며 후회할 멍청한 질문을 던졌다.

"당신은 천사인가요?"

천사는 고개를 저었다.

"호호호, 아니에요. 전 로미라고 해요."

"로미……."

무혁은 몸을 일으켰다.

로미는 그런 무혁의 가슴을 손가락으로 살짝 누르며 말했다.

"당신은 죽음의 신, 투르칸의 품에서 방금 돌아왔어요. 보통 인간은 절대로 하기 힘든 경험이죠. 때문에 심신이 많이 지쳐 있어요. 그러니 지금은 쉬어야 해요."

"괜… 괜찮습니다. 그런데 투르칸이 어느 종교의 신입니까?"

로미는 기자 정신에 무의식적으로 튀어나온 무혁의 질문에 대답하지 않았다.

대신 손가락을 무혁의 얼굴 위에서 살짝 흔들며 말했다.

"이제 주무세요. 유리아 여신의 가호가 당신과 함께하기를……."

명공이 심혈을 기울여 만든 도자기처럼 매끄럽고 하얀 손이 빛나더니 그 빛이 부드럽게 무혁을 감쌌다.

빛은 어머니의 품처럼 포근했다.

'투르칸, 유리아.'

한 번도 들어본 적 없는 생소한 신들의 이름을 부르며 무혁은 그대로 잠이 들었다.

*　　　*　　　*

모니터를 통해 무혁이 잠에 빠지는 모습을 지켜보는 두 남녀가 있었다.

남자가 입을 열었다.

남자는 무혁을 구했던 바로 그 말콤 대장이었다.

"올리비아. 오늘부터 유리아교로 개종해야겠습니다. 우리 의사들이 포기한 환자를 살리는 능력을 주는 신이라니……."

"아무리 로미라고 해도 심장이 멈춘 사람을 살릴 순 없어요."

올리비아는 30대 후반에서 40대 초반쯤으로 보이는, 아름답지만 날카로운 인상을 가진 백인 여성이었다.

그러나 입고 있는 하얀 가운과 쓰고 있는 갈색 뿔테 안경이 그녀의 날카로움을 순화시켜 지적인 이미지를 더해주고 있었다.

"저 남자는 살아났잖습니까?"

올리비아가 뿔테 안경을 습관처럼 치켜 올리며 말했다.

"이름 문무혁, 나이 31세. 대한민국 국군 특수전 사령부 복무, 중사로 제대, 복무 중에는 역사상 최고의 저격수란 평가를 받았음."

"저 남자의 사격 솜씨가 어디서 왔는지는 알 수 있지만 어떻게 살아났는지에 대한 대답은 아닙니다."

"저 남자는 CRPS를 앓았던 병력이 있어요. 다행히 우리가 만든 신약의 임상테스트 환자로 선정되어 6개월 만에 완치되었죠."

"CRPS라서 살아났다는 이야깁니까? 하긴 CRPS는 초 민감성 신체의 소유자라는 의미고 생텀에서는 신에게 축복받은 몸이라는 말까지 있다고 하니까요."

"하지만 로미는 자신은 물론이고 성녀조차도 죽은 사람을 살릴 순 없다고 말했어요."

"그럼 기적이란 말입니까?"

올리비아는 고개를 저었다.

"난 과학자예요. 기적 따위는 믿지 않아요."

"신이 신탁을 내리고 그 신탁이 현실로 이루어지는 세상과의 통로를 책임지는 분이 할 말은 아닌 것 같습니다."

"우리가 모른다고 해서 신이 존재한다는 믿음이 진실이 될 수는 없어요. 충분히 발달된 과학은 마법처럼 보이게 마련이니까요."

"충분히 발달했다고 하기엔 생텀은 중세시대 아닙니까?"

올리비아는 말콤의 말에 동의했다.

바로 그 점이 올리비아가 아직도 풀지 못한 생텀에 대한 가장 큰 의문이었다.

올리비아가 침묵하자 말콤이 물었다.

"그나저나 저 남자의 처리는 어떻게 하실 겁니까?"

"어쩔 수 없어요. 로미가 저 남자를 원하니 말이에요."

"특수부대 출신이니 기본적인 능력은 있겠지만 저 남자의 직업은 기자입니다. 기지 보안대장으로서 보안 문제를 제기하지 않을 수 없습니다."

"선택의 여지가 없어요."

"돌겠네요."

"생각해 보면 나쁜 선택만은 아닐 수도 있어요. 로미가 말했듯이 저 남자는 특별해요. 어쩌면 인간 최초로 마나를 익힐 수 있을지도 모르죠."

"올리비아가 결정할 문제지만 여전히 내키지 않는군요."

"이유는요?"

"서류 몇 장이 한 인간의 모든 것을 알려주지는 않습니다. 우린 저 남자에 대해 잘 모릅니다."

말콤의 이유를 들은 올리비아가 의미심장하게 웃었다.

"호호, 우리도 서로를 모르기는 마찬가지 아닌가요?"

"······."

더 이상의 대화는 없었다.

올리비아와 말콤은 여전히 잠들어 있는 무혁을 응시했다.

*   *   *

스스로를 올리비아라고 소개한 여성이 무혁에게 말했다.

"당신은 정확히 30분 동안 죽었었어요."

무혁은 되물었다.

"제가 죽었었다고요?"

올리비아가 어깨를 으쓱하며 대꾸했다.

"그래요."

올리비아의 행동과 말투는 너무나 자연스러워 그렇게 당연한 사실을 왜 너만 모르냐는 투였다.

"……."

노란 눈동자, 거대한 송곳니, 녹색 피부, 곰이라도 찢어버릴 것 같이 울퉁불퉁했던 근육이 생각났다. 괴물이 내지른 검이 가슴을 파고들 때 느꼈던 고통도 생생했다.

'그렇다고 해도 죽었었다니… 하나도 안 아픈데…….'

무혁은 반사적으로 가슴을 어루만져 보았다.

"……?!!"

기억이 잘못되기라도 한 것처럼 가슴은 상처 하나 없이 깨끗했다.

아직도 꿈속인가 싶어 주위를 둘러보았다.

바퀴가 달린 철제 침대 몇 개, 스테인리스스틸로 만든 각종 기구와 기물들, 벽에 걸린 낡은 인체해부도가 눈에 들어왔다.

누가 봐도 병실이다.

갑자기 화가 치밀어 올랐다.

올리비아란 여자는 지금 질 나쁜 농담을 하고 있었다.

무혁은 소리쳤다.

"농담할 기분 아닙니다. 사실을 말해주십시오."

"그렇게 하죠. 당신은 오크, 당신을 공격한 생명체를 우린 오크라고 불러요. 어쨌든 오크에게 공격당해 심장이 정지했었어요. 우린 당신을 여기로 데려왔고 의사들은 사망 판정을 내렸죠. 그런데 로미 신관이 당신을 살렸어요."

"…로미?"

"저랍니다."

침대 옆에서 두 사람의 대화를 듣고 있던 로미가 웃었다.

긴 금발 머리, 푸른 눈, 빵빵한 가슴, 완벽한 허리, 쭉 뻗은 다리.

'내가 무슨 생각을 하고 있는 거야.'

무혁은 다시 물었다.

"어떻게 살렸다는 겁니까? 죽었다면서요."

"어떻게 당신이 살았느냐는 중요하지 않아요. 살아서 무엇을 할 것인가가 중요하죠."

"……."

"일단 샤워부터 하시고 식사도 하세요. 그러고 나면 모두 이야기해 드리죠."

일방적으로 말을 끝낸 올리비아가 로미에게 말했다.

"부탁해도 될까요?"

"유리아 여신의 뜻대로……."

로미는 다시 한 번 유리아 여신을 언급했다.

올리비아가 병실을 나가자마자 무혁은 물었다.

"유리아 여신이라……. 처음 들어보는 신의 이름이군요."

"차차 알게 되실 거예요. 샤워장은 저쪽이에요."

로미의 말 속에는 거부하기 힘든 위엄이 섞여 있었다.

무혁은 더 이상 묻지 못하고 로미의 말에 따라 샤워장으로 향했다.

차가운 물이 혼란스러운 정신을 진정시켜 주었다.

'도무지 무슨 소린지…….'

퍼뜩 어떤 생각이 뇌리를 스쳐 갔다.

'혹시 내가 이상한 사이비 종교 집단에 들어온 것은 아닐까?'

죽은 사람을 살렸다 주장하고, 유리아 여신이니, 종이니, 신관이니 하는 단어를 사용하는 걸 보아 여지없는 사이비 종교 집단 같았다.

불쑥 이런 생각도 들었다.

'그래도 저렇게 예쁜 여신관이 있는 종교라면 나쁜 짓은 하지 않겠지……. 미쳤어, 내가 무슨 생각을 하고 있는 거야. 내가 미치지 않은 이상 이들이 오크라고 부르는 괴물이 가슴

에 검을 박아 넣은 일은 절대로 꿈이 아니야.'

결론을 내릴 수 없을 때는 더 많은 정보가 필요한 법이다. 무혁은 일단 이들의 말에 따르기로 했다.

샤워를 마친 무혁에게 로미가 옷을 내밀고 밖으로 나갔다.

"갈아입으세요. 식사를 가져올게요."

옷은 상하의가 일체형으로 된 일종의 작업복이었다.

대충 걸치고 있던 환자복을 벗고 작업복을 입고 나니 로미가 돌아왔다.

로미의 손에는 햄버거와 감자튀김과 콜라 캔이 놓인 트레이가 들려 있었다.

"드세요."

"감사합니다."

아침부터 굶은 데다 바다 위에서 토하기까지 하는 바람에 배가 무척 고팠다. 햄버거도 흔한 패스트푸드가 아니고 정성 들여 패티를 빚고 육즙이 남게 잘 구운 수제버거라 꽤 맛이 좋았다.

무혁이 먹는 모습을 바라보던 로미가 말했다.

"이렇게 간단한 음식이 맛있다는 사실이 너무 신기해요. 빵과 빵 사이에 다져 구운 고기를 끼우고, 신선한 채소를 더한 것뿐인데 말이죠. 제 생각에는 케첩과 마요네즈란 소스 때문인 것 같아요. 얼마 전, 처음으로 햄버거를 먹었을 때의 충격이 아직도 생생하다니까요."

"얼마 전이시라면?"

"세 달 전이네요."

"……."

터무니없는 말이다.

'고기 운운하는 것으로 보아 채식주의자도 아닌 것 같은데 햄버거를 세 달 전에 처음 먹어보다니……'

황당해하는 무혁의 속마음도 모르고 로미는 한발 더 나갔다.

"나는요. 콜라가 최고예요. 어떻게 이렇게 맛있는 음료수를 만들 생각을 했을까요? 콜라를 만든 사람은 천재임이 분명해요."

외모만 놓고 보면 로미는 전형적인 북유럽 출신처럼 보였다.

그런데 콜라를 마셔보지 못했다고 한다.

'아프리카 오지에서도, 사막 한복판에서도, 심지어는 남극에서도 존재하는 음료수가 콜라 아니었던가?'

일일이 따지기 싫어진 무혁은 형식적으로 물었다.

"…혹시 콜라도 세 달 전에 처음 마셔보셨습니까?"

"어떻게 아셨어요?"

로미가 활짝 웃었다.

진심으로 로미의 정체가 궁금해졌다.

"혹시 어디 출신이신지……."

"어머, 내 정신 좀 봐. 아직 정식으로 제 소개를 하지 않았군요. 미안해요."

자세까지 바로 하는 걸 봐서는 정말로 미안한 모양이다.

"전 라스토니아 왕국 헤이런 백작령 출신으로 유리아 여신님의 종인 로미 비하일로바라고 해요."

"……."

이런 상황을 점입가경이라고 부른다.

'라스토니아 왕국? 헤이런 백작령?'

자신의 소개를 마친 로미가 무혁을 똑바로 바라보았다. 아마도 무혁의 소개를 기다리고 있는 것 같았다.

아찔했다.

'진짜 미치도록 예쁘구나. 무슨 여자가…….'

무혁은 자세를 바로 하고 자신을 소개했다.

"전, 대한민국 서울 출신으로 대한일보 문화부 기자로 일하고 있는 문무혁이라고 합니다."

"아~! 알아요. 대한민국. 호호, 서울도 들어봤어요. 대한민국의 수도라지요? 그런데 대한일보나 문화부, 기자라는 말의 의미는 모르겠네요."

있을 수 없는 질문이지만 로미의 눈빛은 진지하기만 했다.

그리고 그 눈빛 속에는 저항할 수 없는 마력이 담겨 있었다.

무혁은 따지는 일을 그만두고 순순히 질문에 대답하기로 했다.

"대한일보는 작은 신문사입니다. 전 그중에서도 문화부에 소속되어 있습니다."

"신문사는 무슨 일을 하는 곳이죠?"

"신문사는 세상의 소식을 모아 사람들에게 알리는 일을 하는 회사입니다. 그런 소식들을 모으는 사람을 기자라고 합니다."

"정확한 이해는 힘들지만 무혁 님이 정말로 훌륭한 일을 하시는 분이라는 사실은 알겠어요."

"네?"

왜 이야기가 그렇게 흘러간단 말인가.

게다가 무혁 님이란 존칭은 또 뭔가?

"문화란 예술 전반을 말하죠. 그런 문화의 소식을 남에게 알리려면 그만큼 예술에 대한 소양이 깊어야 한다는 의미겠죠."

꿈보다 해몽이 좋다.

기분이 나쁘진 않았지만 그렇다고 현 상황이 이해된다는 의미는 아니다.

무혁은 백치 같은 로미에게서 벗어나고 싶었다.

"이제 올리비아 씨에게 가야 되지 않겠습니까?"

"내 정신 좀 봐. 처음으로 외부에서 오신 분을 본 기쁨에 젖어 무례를 범했네요. 용서해 주세요."

"…네."

그래도 한 가지는 분명했다.

로미는 백치임에도 아름다웠다.

제4장

생텀

Sanctum

올리비아가 말했다.

"당신이 있는 장소는 생텀 코리아가 운영하는 선갑도 연구소예요."

"선갑도에 생텀 코리아의 연구소가 있었다는 말씀입니까?"

"그래요."

"……."

생텀 코퍼레이션은 콜라나 햄버거처럼 몇 년 사이에 세상 사람들에게 고유명사화되어 버린 미국 테크놀로지 회사의 이름이다.

생팀 코퍼레이션은 불과 10년 전 미국 매사추세츠 주에서 제약과 바이오테크놀로지 벤처기업으로 설립되었다.

10년이란 짧은 기간 동안 생팀 코퍼레이션은 불치병이었던 급성백혈병 치료제의 개발을 시작으로 탁월한 효능을 발휘하는 각종 항암제와 완벽한 AIDS치료제 등의 신약을 폭포처럼 쏟아냈다.

이들이 만들어낸 신약 중 가장 큰 반향을 일으킨 제품은 단연 피부재생제인 리져럭션이었다.

연고제로 판매되는 리져럭션은 화상 환자나 각종 외상 환자들에게는 신의 축복이나 다름없었다.

심한 화상을 입어 피부 이식조차 불가능한 상처와 살이 움푹 패인 깊은 외상들이 부글거리는 거품을 내며 순식간에 재생되는 모습은, 가히 21세기의 마법이라 불릴 만했다.

게다가 생팀 코퍼레이션은 단순히 돈 되는 분야에만 집중하는 그런 류의 기업이 아니었다.

그들은 기존 제약회사들이 수익성을 이유로 관심을 두지 않았던 각종 희귀 난치병 치료제들의 개발에도 아낌없이 투자했고, 결과를 만들어냈으며, 많은 생명을 구했다.

제약으로 성공을 거둔 생팀 코퍼레이션은 벌어들인 자본을 기반으로 바이오테크놀로지와 각종 산업용 소재 분야는 물론 에너지 분야에까지 사업 범위를 확장했고, 그때마다 엄청난 성공을 거두고 있었다.

그런 샘팀 코퍼레이션을 더욱 유명하게 만든 건 홍보를 생명으로 아는 테크 기업답지 않게 철저히 폐쇄적으로 운영되는 기업 문화였다.

이 폐쇄성이 얼마나 지독한지를 잘 알려주는 극단적인 예가 있다.

성장에 성장을 거듭해 현제 포브스지의 기업 순위 1위에 랭크되어 있는 샘팀 코퍼레이션은 아직도 설립자의 정체가 밝혀지지 않고 있었다.

더불어 샘팀 코퍼레이션은 미국 이외에 타국에 지사를 내지 않는 정책을 철저하게 고수했다.

그 원칙을 깬 유일한 예가 바로 8년 전 인천 송도에 세워진 샘팀 코리아다. 샘팀 코리아는 단순한 지사가 아니라 산하에 연구소까지 둠으로써 전 세계를 놀라게 했다.

그리고 그 혜택을 받은 이가 바로 무혁이다.

샘팀 코리아와 연구소가 아니었으면 무혁은 아직도 CRPS의 악몽에 시달리고 있거나 자살로 생을 마감했을 것이 분명했다.

즉 샘팀 코퍼레이션은 무혁의 생명의 은인이었다.

"우리는 이곳에서 당신을 공격했던 괴물, 저희는 오크라고 부른다고 했었죠? 그 오크를 이용해 각종 신약의 연구 개발과 생산을 하고 있어요."

"그럼 그 오크가 코퍼레이션에서 만든 유전자 조작 생물이란 말입니까?"

"아니에요. 저희는 오크를 단지 원료로 사용할 뿐이에요."

"원료라… 그렇다면 어디서 오크를……."

"대답하기 전에 먼저 물어볼 사항이 있어요. 당신은 오늘 겪은 일들을 기사로 쓸 건가요?"

"당연합니다. 4명의 사람이 죽었습니다."

"누가 당신의 기사를 믿어줄까요? 증거도 없는데요."

"……."

하긴 그렇다.

푸른 몸의 괴물이 살육을 저질렀다는 기사를 썼다가는 미친놈으로 취급받을 것이 분명하다.

올리비아가 말했다.

"난 당신에게 한 가지 제안을 하려 해요."

듣지 않아도, 보지 않아도 알 수 있는 것들이 있다.

바로 지금의 경우가 그렇다.

무혁은 말했다.

"거절합니다."

"오해가 있는 것 같군요. 난 당신에게 침묵의 대가로 금전적인 약속이나 협박을 할 생각이 없어요."

머쓱해진 무혁은 되물었다.

"…그렇다면 당신의 제안이란 무엇입니까?"

"우선 당신에게 진실을 보여 드리죠. 제안은 그 후에 할게
요. 물론 관심이 없다면 지금 당장 보내 드리죠."

"……."

비밀을 알려준다는 제안은 금단의 사과처럼 달콤해 도저
히 거부할 수 없었다.

무혁은 잠자코 고개를 끄덕였다.

올리비아는 무혁에게 위스키 한 잔을 권한 다음 이야기를
시작했다.

"한국전쟁이 발발하기 전 미군은……."

그 이야기는 너무도 신비롭고 경이적이어서 무혁을 매혹
시켰다.

*　　　*　　　*

한국전쟁의 위기가 현실로 다가오고 있던 1948년 말, 미군
은 북한 내부 정보에 목말라 하고 있었다.

정보를 얻기 위해서는 공작원의 북한 내부 침투가 절실했
다.

그러나 한반도 내에서 서양인의 존재는 오리 떼 속의 백조 만큼이나 눈에 띄는 존재였다.

고심하던 미군은 북한 출신 청년들을 모아 정보부대를 창설하기로 결정했다.

부대의 이름은 켈로 부대라 지어졌고 주둔지는 한국인들은 서해라 부르고 중국인들은 황해라 부르는 탁한 바다의 작은 섬 선갑도였다.

미군은 보안을 우려해 켈로 부대가 머물 막사를 지하에 건설하기로 결정했다.

벙커의 건설 책임을 맡은 사람은 로버트 다우닝이라는 미 육군 공병단 소속 대위였다. 다우닝 대위는 지하 벙커를 건설하던 도중 지하로 한없이 뻗어 있는 동굴을 발견했다.

전형적인 텍사스 사나이답게 호기심이 많았던 다우닝 대위는 로프를 준비해 동굴 탐험을 시작했다.

동굴은 상상 이상으로 깊었지만 다우닝 대위는 포기하지 않았다.

사실 1948년의 선갑도는 동굴 탐험이라도 하지 않고서는 버틸 수 없을 만큼 심심한 곳이었다.

집념의 사나이 다우닝 대위는 무려 지하로 600m 이상 내려갔고 그곳에서 거대한 지하 공동을 발견했다.

지하 공동은 축구경기장 대여섯 개를 동시에 건설할 수 있을 만큼 큰 규모였다.

"다우닝 대위는 그곳에서 결코 존재해서는 안 되는 어떤 것을 발견했어요. 공룡이었죠."

믿을 수 없었던 무혁은 끼어들었다.

"공룡이라고요? 화석을 말씀하시는 겁니까?"

올리비아는 고개를 저었다.

"아니요. 화석이 아니라 막 죽은 것처럼 완벽하게 보존된 전장이 40m에 달하는 초거대 공룡이었어요."

"세상에… 그 말이 사실이라면… 엄청난 발견입니다. 세상이 발칵 뒤집어질 정도로……."

"다우닝 대위도 그렇게 생각했죠. 하지만 한 가지 문제가 생겼어요. 공룡을 지상으로 가져갈 방법이 없었죠."

"하긴……."

"그렇다고 공룡을 해체한다거나 해서 손상시키고 싶지도 않았던 다우닝 대위는 준비했던 카메라로 공룡의 사진을 찍었죠. 전쟁이 끝난 후 사진을 증거 삼아 자금을 지원받고 발굴을 할 생각으로요. 그런데 사진을 찍기 위해 플래시를 터뜨린 순간, 불빛에 반사되어 반짝이는 무언가를 발견하게 되었어요."

올리비아는 한 장의 사진을 보여주었다.

"공룡의 등 부위에 박혀 있었다고 해요."

"……."

사진 속의 물건은 한눈에도 비싸 보이는 단검이었다.

길이가 40㎝정도로 보이는 단검은 손잡이에 엄지손가락 한 마디 크기의 보석이 여러 개 박혀 있었다. 특이한 부분은 검신이었다. 검신은 반투명한 유백색 재질이어서 세라믹을 연상시켰다.

"다우닝 대위는 이 단검만을 가지고 지상으로 올라왔어요. 당연히 공룡 이야기는 입 밖에도 꺼내지 않았죠."

"그랬다가는 단검을 빼앗겼을 테니까요."

"맞아요. 욕심이죠. 그의 욕심이 터널 발견을 수십 년이나 뒤로 미뤘어요. 어쨌든 전쟁이 끝난 뒤 미국으로 돌아온 다우닝 대위는 이 단검을 팔아 엄청난 돈을 거머쥐었죠. 그러나 행운은 거기까지였어요. 그는 부자가 되고 불과 1년 만에 폐암으로 세상을 떠났으니까요."

"허망한 인생이군요."

"단검을 구입한 사람은 헨리 르왈스키라는 억만장자였어요. 열정적인 골동품 수집가였던 그는 말년에 자신이 수집한 모든 골동품을 메트로폴리탄 박물관에 기증했어요. 그렇게 단검은 사라졌죠. 20년 전 한 연구원이 수장고 깊은 곳에서 다시 찾아낼 때까지는 말이죠."

연구원은 단검의 모양이 지금까지 알려진 그 어떤 무기 양식과도 비슷하지 않다는 데 주목하고 분석을 시도했다.

분석 결과는 놀라웠다.

단검의 검신이 지구상에 존재하지 않는 금속으로 만들어졌다는 사실이 밝혀졌다. 게다가 검신을 이루고 있는 금속의 가벼움과 강도는 현대 기술로도 도저히 따라잡을 수 없는 것이었다.

"당연히 미국 정부가 흥미를 가졌겠군요."

"그래요. 미국 정부는 단검의 출처를 추적하기 시작했죠. 그다지 어려운 과정은 아니었어요."

올리비아는 다시 모니터에 다시 한 장의 사진을 띄웠다.

사진 속에는 공룡이 찍혀 있었다.

무혁은 감상을 이야기하려 했다.

"공룡… 이라기보다는……."

사진 속 생명체의 전체적인 모습은 공룡을 닮긴 했다. 하지만 등에 달려 있는 앙증맞은 박쥐 날개의 존재가 그 사실을 부정했다.

무혁은 자연스럽게 드래곤을 떠올렸다.

올리비아도 같은 생각이었다.

"드래곤을 닮았죠."

"……."

믿을 수 없는 이야기다.

무혁은 단숨에 위스키 잔을 비웠다.

올리비아가 말없이 빈 잔을 채워주었다.

무혁은 말했다.

"보고 싶군요."

올리비아는 고개를 저었다.

"볼 수 없어요."

"……."

무혁은 실망하지 않았다.

이미 예상했던 대답이었다.

"하긴… 비밀이겠죠."

"비밀 때문이 아니에요. 비밀 때문이라면 내가 굳이 지금까지 당신에게 이 이야기를 늘어놓지는 않았겠죠."

"……."

"공룡을 발견한 후 정밀한 관찰을 위해 많은 조명을 설치했어요. 필연적으로 온도는 올라갔고 아차하는 순간 공룡은 먼지로 변해 버렸어요."

"먼지라구요?"

올리비아가 가볍게 고개를 끄덕였다.

"이해할 순 없지만 그래요. 저 생명체는 문자 그대로 200톤의 먼지 더미만 남기고 사라졌어요. 하지만 먼지를 치우는 과정에서 두 가지를 남겼죠."

올리비아는 두 장의 사진을 더 보여주었다.

첫 번째 사진은 발견을 기뻐하는 듯 환히 웃고 있는 한 남자와 그 남자의 허리 높이보다 살짝 큰 크기의 붉고 투명한 보석이 찍힌 사진이었고, 두 번째 사진은 지하 공동을 배경으로 수직으로 뚫린, 마치 크레바스 같은 지층의 어두운 틈이었다.

무혁은 붉은 보석에 집중했다.

아무리 봐도 보석은 얼추 드럼통만 한 크기로 보였다.

"저렇게 큰 루비가 존재하는군요."

"루비가 아니에요. 다년간의 연구 결과 저 보석은 순수한 에너지원이라고 밝혀졌어요."

"에너지라… 건전지 비슷한 건가요?"

"비슷해요. 다만 스스로 충전이 된다는 점이 다르죠."

"영구동력이군요."

"미국은 지구에 존재하지 않은 금속으로 만들어진 단검과 드래곤을 닮은 생명체, 그리고 저 보석 연구에 천문학적인 연구비를 쏟아부었어요. 그리고 13년 전 드디어 실마리를 발견했죠."

올리비아의 이야기는 클라이맥스를 향해 가고 있었다.

"한 과학자가 크레바스에서 매우 특이한 형태의 자기장이 흘러나온다는 사실을 발견했어요. 그는 한 가지 가설을 세웠죠. 바로 그 틈이 차원과 차원이 미묘하게 어긋난 지점이란 가설이에요."

오크와 드래곤에 이어 급기야 차원의 틈까지 등장했다.

'뭐냐?'

지금 올리비아는 드래곤이 다른 차원에서 온 생명체라고 말하고 있었다.

'이들은 다른 차원의 세상을 발견했어. 아니, 발견에서 끝나는 것이 아니라 이미 다른 세상과 소통하고 있음이 분명해.'

무혁의 결론은 이어진 올리비아의 말로 확인되었다.

"양자 컴퓨터까지 동원해 계산을 해본 결과 차원의 틈을 넘을 수 있는 에너지의 양은 지금까지 개발된 가장 강한 위력의 수소폭탄 두 개를 동시에 터뜨려서 얻을 수 있는 에너지 양과 맞먹는다는 결론이 나왔어요. 우리는 드래곤 하트—붉은 보석을 우린 드래곤 하트라고 불러요—에 주목했어요. 우리의 가설은 옳았어요. 드래곤 하트는 다른 차원으로의 통로를 여는 에너지원으로 사용할 수 있다는 사실이 밝혀졌어요."

"……"

예상은 했지만 올리비아의 입으로 직접 또 다른 세상의 존재를 듣고 나니 떨리는 가슴을 진정시키기 어려웠다.

드래곤과 오크가 사는 세상.

보고 싶었다.

경험하고 싶었다.

"우리는 그곳을 생텀이라고 불러요. 생텀 코퍼레이션도 여기서 따온 이름이죠."

생텀(Sanctum)은 유대교의 지성소(至聖所)를 의미한다.

지성소는 흔히 성궤라고 불리는 10계명이 적힌 언약궤가 보관된 장소다. 이곳에 들어갈 수 있는 인간은 오직 대제사장뿐이다.

이후 예수가 십자가에 못 박혀 죽을 때 성소의 휘장이 찢어졌다. 이는 대제사장뿐만이 아니라 일반인도 지성소에 들어갈 수 있게 됐다는 의미로 받아들여진다.

"지성소라……. 다른 세상을 부르는 이름치고는 너무 종교적인 것 같군요."

"우린 지성소보다는 피난처라는 의미에 더 무게를 두고 있어요."

생텀은 지성소와 함께 피난처라는 의미도 동시에 가지고 있다.

"생텀은 지구와 같은 크기의, 오염되지 않은 풍요로운 세상이에요. 포화 상태에 이른 지구의 대안이 될 수 있다는 의미죠."

"……."

"이제 난 당신을 다른 차원과의 입구로 데려갈 거예요. 준비됐나요?"

무혁은 잠자코 고개를 끄덕였다.

'너무 쉬운 것 아냐? 도대체 무슨 제안을 하려고 이런 비밀들을 나에게 공개하는 거야?'

불안했지만 호기심이 불안감을 이기는 것은 인간의 본성이다.

인간은 특유의 호기심으로 문명을 발전시켜 왔다.

"가시죠."

무혁은 올리비아의 뒤를 따랐다.

*   *   *

올리비아의 사무실에서 한 층을 내려가자 축구 경기장 크기의 거대한 지하 공간이 펼쳐졌다.

선반과 선반을 빼곡히 채우고 있는 종이 박스들로 보아 이 장소는 창고쯤으로 보였다.

무혁은 선반에 다가가 박스를 살폈다.

박스에는 하나같이 영어로 리져럭션이란 단어가 인쇄되어 있었다.

"리져럭션⋯⋯."

"리져럭션은 선갑도 연구소에서 생산하는 유일한 제품이

에요. 원료가 되는 물질의 산패가 너무 빨리 진행되어 다른 장소에서는 제조가 불가능해서죠."

"혹시 제 상처도 리져럭션으로 고친 겁니까?"

"호호, 리져럭션은 탁월한 세포재생제이기는 하지만 죽은 사람을 살릴 순 없어요."

"그렇다면 어떻게?"

"당신을 살린 사람은 로미예요. 로미는 생텀 최대의 종교인 유리아교의 신관이죠. 그녀는 신의 힘을 빌려 인간을 고칠 수 있는 능력이 있어요."

"드래곤에, 신관에, 오크에 완전히 판타지 세계군요."

"맞아요. 생텀은 우리가 상상으로 생각해 왔던 판타지 세계와 매우 흡사해요. 놀라울 정도로 말이죠. 그래서 몇몇 학자는 우리가 발견한 드래곤 이전에도 두 세상 사이를 이동한 사람이나 생명체가 있다는 주장을 하기도 해요."

"그럴싸한 주장이군요."

"확인할 수 없는 주장이기도 하죠."

지하로 한 층을 더 내려가자 위층의 창고와 같은 면적의 공간이 다시 나왔다.

공간 전체에는 아마도 리져럭션의 제조 시설로 보이는 설비가 가득했다.

"이 장치들은 리져럭션 제조 설비예요. 거의 전자동으로 움직이죠."

"섬 지하에 이런 설비를 갖추는 일이 보통이 아니었겠군요."

"그렇긴 해요. 하지만 적절한 권력과 충분한 자금이 뒷받침된다면 그리 어려운 일도 아니에요."

올리비아가 말하는 권력이란 미국과 한국 정부를 말함이 분명했다.

아무리 미국이라도 엄연히 타국인 한국 땅에 이런 시설을 비밀리에 건설하는 일은 불가능하다.

안 봐도 본 것 같은 그림이 그려졌다.

'먼저 미국의 부탁 내지는 강요가 있었겠지. 자원 하나 나지 않는 땅덩어리를 가진 한국 입장에서는 이게 웬 떡이냐 싶었을 테고⋯⋯. 하긴, 혼자 먹고 싶어도 기술도 능력도 힘도 없으니 어쩔 수 없나?'

무혁은 말했다.

"한국이 핵폐기물 처리장 건설 명목으로 선갑도를 구입한 후 리조트 건설을 이유로 들어 생텀 코퍼레이션에 넘겨줬군요."

"맞아요. 이제 한 층 더 내려갈 거예요. 마음 단단히 먹으세요."

"더 놀랄 힘도 없습니다."

무혁의 말은 사실이 아니었다.

아래층으로 내려온 무혁은 다시 한 번 놀라고 말았다.

계단을 내려와 두터운 문을 열자 돼지 수천 마리가 동시에 울부짖는 소리가 귀청을 뚫고 들어왔다.

"꾸에에에엑!"

"꾸엑!"

"꾸에에엑!"

저절로 오금을 저리게 만드는 시끄러운 소리의 원인은 오크였다.

수백 마리의 오크가 열 지어 늘어선 튼튼한 쇠창살 우리 속에서 서성이고 있었다.

그 광경은 축사 속의 돼지들처럼도 보였지만 한편으로는 아우슈비츠에 갇힌 유대인들처럼도 보였다.

기겁을 한 무혁과 달리 올리비아는 담담했다.

"오크는 불과 3년이면 성인이 될 만큼 성장 속도가 빨라요. 게다가 엄청난 자기 치유 능력도 가지고 있죠. 우리는 오크의 몸에서 치료 능력의 원천이 되는 효소를 찾아냈어요. 바로 효소를 분리해 정제하면 리져럭션의 원료가 되는 거예요."

갑자기 쓸개에 튜브를 꽂고 있는 곰이 생각난 무혁은 오크의 몸을 살폈다. 다행인지 불행인지 관은 꽂혀 있지 않았다.

문득 반감이 생겼다.

"아무리 그렇더라도 오크는 생명체입니다. 저런 식으로 취급해서는 안 됩니다."

"인간도 돼지나 소를 먹지 않나요?"

"내가 봤던 오크는 제단을 만들고 가죽옷을 입었으며 검을 사용했습니다. 아마도 나름의 언어도 있을 테구요. 지적 생명체란 말입니다."

"오크는 몬스터의 일종이에요. 몬스터는 투르칸 신이 악의를 담아 창조한 생명체를 총칭하죠. 아참, 투르칸 신은 생텀의 주신인 유리아 여신의 반대에 서 있는 악신의 이름이에요."

"그래도……."

"오크가 어떤 생명체인지는 그 누구보다 당신이 처절하게 경험했잖아요. 굳이 정의하자면 우리는 오크를 사냥함으로써 생텀의 인간을 돕고 있는 셈이에요."

"……."

반박할 수 없었다.

무혁이 경험한 오크는 인간이 사육할 수 있는 짐승, 혹은 몬스터가 절대로 아니었다.

"이제 마지막 장소로 이동할 거예요. 바로 통로가 있는 곳이죠."

올리비아는 무혁을 엘리베이터에 태웠다.

두 사람이 탑승한 엘리베이터가 하강을 시작했다.

엘리베이터는 한없이 지하로 내려갔다.

올리비아는 무혁에게 말했다.

"무엇을 상상하든 그 이상을 보게 될 거예요."

무혁은 자신 없는 목소리로 대꾸했다.

"난 쉽게 놀라는 사람이 아닙니다."

"자신하지 말아요."

엘리베이터의 문이 열리고 무혁은 올리비아에게 말했다.

"당신 말이 맞았습니다. 이건 상상 이상입니다."

무혁은 눈앞의 광경에 압도되어 버렸다.

                    *   *   *

한눈에 들어오지 않을 만큼 거대한 규모의 지하 공간이 눈앞에 펼쳐졌다.

마치 축구장처럼 수백 개의 조명에 의해 밝혀진 지하 공간의 중앙에는 철망으로 만든 공을 절반으로 자른 것 같은 반구형의 거대한 철골 구조물 자리 잡고 있었다.

구조물을 중심에 두고 주변에는 20여개의 컨테이너가 쌓여 있는 야적장과 다수의 건물이 배치되어 있었다.

무혁은 아마도 이 시설의 핵심이 분명한 반구형 구조물에 집중했다.

반구형 구조물의 내측에는 그 중심을 향해 수만 개의 날카롭고 투명한, 아마도 크리스털이나 수정 따위로 만들어진 것 같은 침이 빼곡히 설치되어 있었다.

무혁은 구조물 상단에서 드래곤 하트를 발견했다.

드래곤 하트는 부드러운 붉은빛의 맥동을 하며 점멸하고 있었다.

조금 더 다가가니 구조물이 무엇을 덮고 있는지 알 수 있었다.

구조물의 중앙에는 마치 지옥을 향해 뚫린 것 같은 깊은 '틈'이 있었다.

투명 침들은 바로 그 틈을 가리키고 있었다.

"우린 저 틈을 터널, 구조물을 터널게이트라고 불러요."

"터널, 터널게이트."

"터널은 차원의 틈을 말하고 터널게이트는 터널을 열어주는 장치죠. 저 장치가 일종의 문인 셈이에요."

올리비아는 터널게이트 주변에서 무언가 작업을 하고 있는 하얀 가운을 입은 사람들에게 무혁을 데려갔다.

가운을 입은 무리 중 우두머리로 보이는 노인이 올리비아를 발견하고 손을 흔들었다.

"어이, 올리비아."

"박사님."

노인은 올리비아가 박사님이라고 부르지 않았다면 레슬링 선수라고 해도 믿을 만큼 탄탄한 체구를 가진 거구의 소유자였다.

"인사하세요. 터널게이트를 담당하고 계시는 유리 이바노비치 박사님이세요. 이바노비치 박사님, 이분은 문무혁 씨입니다."

이바노비치 박사는 두꺼비 같은 손을 내밀었다.

"유리 이바노비치일세."

"문무혁입니다."

"이야기는 들었네. 하하하하. 로미의 마음을 사로잡은 남자가 누군가 했더니 바로 자네였구만."

"……."

이반 박사는 마친 딸을 시집보내는 장인처럼 말했다.

'내가 그녀의 마음을 사로잡았다고?'

무혁은 흥분했다.

그러나 그 흥분은 떠오르는 속도만큼이나 빠르게 사라졌다.

"하긴, 왜 그렇지 않겠나. 죽은 사람을 살렸으니 말이야. 유리아 여신의 사제인 로미로서는 자신의 믿음을 보답받은 기분이겠지."

"……."

올리비아에 이어 이반 박사도 로미가 자신을 살렸다고 말하고 있다.

믿기 어려운 현실이지만 안 믿을 도리도 없다.

오크와 드래곤과 터널과 터널게이트의 존재가 그렇게 말하고 있었다.

"바로 그 점, 로미가 당신을 살렸다는 바로 그 점 때문에 제가 당신에게 세계최고의 기밀 시설을 보여주고 있는 중이죠. 혹시 당신이 오크에 대한 이야기를 떠벌리고 다닐지 몰라서 그랬다고 생각했나요?"

"……."

냉정한 올리비아의 말이 잠시 우쭐했던 마음에 찬물을 끼얹었다.

상대는 미국과 한국이다.

터널의 비밀을 지키기 위해 무혁을 지우는 결정쯤은 기자가 기사의 오탈자를 수정하는 일보다 쉽게 실행에 옮길 수 있다.

분위기가 싸늘해지자 이바노비치 박사가 나섰다.

"자, 수리가 끝났어. 이제 터널을 열 테니 조종실로 가자고."

조종실은 터널게이트를 둘러싸고 있는 건물 중 가장 높은 건물이었다.

전면이 통유리라서 터널게이트가 한눈에 내려다보이는 조종실의 내부는 컴퓨터들과 조종 콘솔, 그리고 각종 계기로 가득 차 있었다.

"대충 앉으라구. 거기 냉장고에 마실 게 있을 거야."

안 그래도 목이 탔다.

감사한 마음에 냉장고를 연 무혁은 그대로 굳어버렸다.

냉장고 속에는 무혁이 기대했던 물이나 음료수 대신 보드카가 가득했다.

'뭐, 상관없겠지.'

무혁은 잔을 챙겨 보드카를 따라 이바노비치 박사에게 건넨 후 자신 몫으로도 한 잔 가득 따랐다.

올리비아는 고개를 저어 거부의 뜻을 분명히 했다.

무혁은 독한 보드카를 절반쯤 마셨다.

용암 덩어리처럼 뜨거운 보드카가 식도를 데우자 뛰던 가슴이 조금은 안정되었다.

올리비아와 이바노비치 박사는 콘솔에 집중하고 있었다.

"어제와 같은 오류가 다시 있어서는 절대로 안 돼요, 박사님."

"알아, 알아. 어제 오류는 이놈 때문에 생겼어."

이바노비치 박사가 주머니에서 검게 타버린 콘덴서를 꺼냈다.

"빌어먹을… 이놈이 불량이었단 말이야. 그러게 중국제는 쓰면 안 된다고 그렇게 말했는데……. 다행히 이 정도라 오차가 몇 백 미터였지, 자칫 잘못했으면 뉴욕 한복판에 나타날 수도 있었다구."

"구매부에 엄중 경고했어요. 다시는 이런 사고가 없을 거예요."

"그래야지. 자, 마지막 카운트다운에 들어갈 테니 잠시만 기다려 주게."

조작을 마친 이바노비치 박사가 두 사람에게 다가와 검은색 보안경을 넘겨주었다.

"한국에서는 백문이 불여일견이라고 한다면서? 직접 보라구."

"……."

무혁이 보안경을 쓰자 이바노비치 박사가 마이크를 잡고 카운트를 시작했다.

"터널 오픈 30초 전. 모든 연구원은 안전지대로 대피할 것. 모든 연구원은 안전지대로 대피할 것. 카운트다운. 10, 9, 8, 7, 6, 5, 4, 3, 2, 1."

파아아앗~!

드래곤 하트에서 발생한 붉은빛이 터널게이트에 박혀 있는 수만 개의 크리스털 침을 통해 터널 중심을 향해 비춰졌다.

순간 붉은빛이 하얀빛으로 변하며 터널 게이트를 감쌌다.

짙은 색 보안경을 썼음에도 눈이 부실 만큼 강한 빛이었다.

만일 맨눈으로 저 빛을 봤다면 아마도 눈이 멀었을지도 몰랐다.

빛은 불과 1~2초 만에 사라졌다.

이바노비치 박사가 보안경을 벗으며 말했다.

"두 세상의 문에 온 걸 환영하네, 무혁 군."

"……."

무혁은 유리창으로 다가갔다.

빛이 사라진 터널게이트 옆 야적장에는 쌓여 있던 컨테이너가 사라지고 위층에서 본 것과 같은 우리들이 그 자리를 대신하고 있었다. 그리고 우리 안에서는 오크들이 울부짖고 있었다.

제5장

취직

Sanctum

터널게이트가 작동을 멈춘 후 오크 우리는 화물용 엘리베이터를 통해 위층으로 옮겨졌다.

그 과정은 물 흐르듯 매끄러워서 이 일이 한두 번 이뤄진 것이 아니라는 사실을 알려주고 있었다.

지하 공간이 활력을 잃고 다시 정적으로 돌아가자 무혁은 말했다.

"이 시설이 왜 세상에 비밀로 남아야 하는지 이해했습니다. 아마도 이 사실이 알려지면 국제적으로 난리가 나겠지요. 미국과 한국 입장에서도 달콤한 파이를 나눠 먹고 싶지 않을 테구요."

"이해해 줘서 고마워요. 부연하자면 생텀 코퍼레이션은 미국은 자본과 기술을, 한국은 인력과 장소를 제공하는 방향으로 업무 분담이 되어 있어요."

대답을 마친 올리비아는 무혁을 똑바로 응시했다.

"이제 본론으로 들어가죠. 난 당신을 고용하고 싶어요."

"제가 입을 다물겠다고 약속해도 말입니까?"

절망적인 물음이었다.

이미 무혁은 미국과 한국의 최고 기밀 시설을 샅샅이 구경했다.

이 상황에서 '비밀을 지킬 테니 놓아주세요'는 너무 순진한 생각이었다.

역시나 예상했던 대답이 돌아왔다.

"그래요. 난 당신이 필요해요."

"로미가 관심을 보여서입니까? 모르모트가 되고 싶은 생각은 없습니다."

"그런 의미가 아니에요."

"그렇다면 제가 왜 필요하다는 말씀입니까?"

"우선 배경 설명이 필요하겠군요. 이미 들었다시피 로미는 유리아교의 신관이에요. 유리아교는 생텀 최대의 종교로 생명의 여신 유리아를 숭배하는 종교죠. 유리아교의 최고 성직자는 성녀라고 불려요. 성녀는 우리가 이계에서 왔다는 사실을 신탁을 통해 알고 있었어요. 성녀는 우리가 어떤 사람인지 알고 싶어 해요. 그래서 차기 성녀 후보 중 한 명인 로미를 우리에게 보냈죠."

"……"

로미가 차기 성녀 중 한 명이란 사실은 분명 놀라웠지만 그렇다고 질문에 대한 대답이 되지는 않는다.

무혁은 올리비아의 다음 말을 기다렸다.

"로미가 지구에 온 지 정확히 3달이 지났어요. 그동안 그녀는 지구에 대한 적응 훈련을 했죠."

"3달이라기에는 영어가 너무 유창하던데요?"

"그녀는 지구의 모든 언어가 자동으로 번역되는 아티팩트를 가지고 있어요."

"쩝, 아티팩트라니……. 정말 드래곤이 사는 세상의 인간이군요."

"어쨌든 이제 적응 과정을 마친 로미는 세상으로 나가 인간의 삶을 경험할 예정이에요."

감이 왔다.

올리비아는 가이드 겸, 보모 겸, 모르모트를 원하고 있었다.

"자세한 사정은 말할 수 없지만 로미는 생텀 진출의 성패가 달려 있다고 해도 과언이 아닐 만큼 중요한 인물이에요.
우린 그녀가 지구에 대해 부정적인 인식을 가지길 원하지 않
아요. 당연히 뛰어난 가이드가 필요하겠죠? 우린 인류학과
세계사, 문명사에 정통한 5명의 가이드를 선정했어요. 그러
나 로미는 그들 대신 당신을 선택했어요. 이유를 물어봤더니
로미는 이렇게 대답했어요."

가장 유리아 신과 가까이 있는 성녀조차도 죽은 자를 살릴
수는 없다. 당연히 로미도 그렇다. 때문에 로미는 이번 기적
을 자신의 신성력 때문이 아니라 문무혁이란 인간의 특성 때
문이라고 생각하고 있다.

"그래서 당신을 더 가까이 두고 관찰하고 싶다는 말이죠."

"……."

무혁은 자신의 삶이 특별하다고 생각해 본 적이 없다.

당연히 누군가가 자신을 특별하게 여기고 관찰하리라는
생각도 해본 적이 없다.

묘한 기분이 들었다.

그 대상이 로미라서 더 그랬는지도 모른다.

결정의 시간이 다가왔다.

무혁은 올리비아에게 물었다.

"기간은 어떻게 됩니까?"

중요한 문제다. 몇 달 일하고 로미가 생텀으로 돌아가 버리

면 무혁은 끈 떨어진 연 신세다.

"2년으로 잡았어요. 지구를 둘러보고 경험하려면 그 정도 시간은 필요하겠죠."

"그 후에 전 어떻게 됩니까?"

"특별한 일이 없는 이상 생텀 코퍼레이션의 보안대원으로 일하게 될 거예요."

"계약서에 명시해 주시겠습니까?"

"보기보다 깐깐하군요. 대답은 예스예요."

이제 가장 중요한 질문이 남았다.

"월급은요?"

"……."

그렇게 무혁은 생텀 코퍼레이션의 일원이 되었다.

*   *   *

헬기 편으로 송도로 돌아온 무혁은 다음 날 아침 월급쟁이라면 누구나 하고 싶어 하는 바로 그 행동을 실천에 옮겼다.

바로 상사의 얼굴에 사직서 던지기다.

통쾌했다.

무혁은 고래고래 고함을 지르는 편집국장을 뒤로하고 곧장 희생된 두 경찰관과 여행객의 장례식장에 참석했다.

'미안하다는 말은 당신들에 대한 모독이겠죠. 한 가지만은 약속하겠습니다. 언젠가 생텀의 존재가 세상에 알려지고 난 후, 여러분의 희생이 있었다는 사실을 꼭 세상 사람들에게 알리겠습니다.'

며칠 후 무혁은 송도의 생텀 코리아를 방문해 경비대장 말콤 맥도웰을 만났다.

말콤 맥도웰은 강철 조각상처럼 강인한 외모를 가진 중년 남자였다.

무혁은 우선 생명을 구해준 일에 대해 고마움을 표했다.

"맥도웰 씨가 제 생명을 구해주신 분이라고 들었습니다. 정말 감사합니다."

"울도를 빠져나와 선갑도에 도착하기 전에 이미 자네의 심장은 정지해 있었어. 그러니 내가 생명을 구했다고 말하기에는 무리가 있지. 자네의 생명을 구한 이는 누가 뭐래도 로미양일세."

말콤의 대답은 퉁명스러웠다.

그러나 무혁은 오히려 그런 말콤에게 호감을 느꼈다.

자신이 행한 일의 범위를 명확히 인식하고 받아야 할 칭찬의 한계를 정확하게 설정할 수 있는 사람은 믿을 수 있는 인간이었다.

"어쨌든 감사합니다."

"그러든지……. 본론으로 들어가지. 자네는 올리비아 연구소장에 의해 보안부 소속으로 특채되었네. 맞나?"

"맞습니다."

"자네의 임무는… 그러니까 가이드군."

"문화 해설사라고 해주십시오. 지구 문명 선생님이라고 해도 좋습니다."

말콤은 무혁의 희망을 깔끔하게 무시했다.

"아무리 봐도 가이든데, 뭐. 어쨌거나 잘해보게. 질문 있나?"

"경호는 어떤 방식으로 진행됩니까?"

"일단 자네에게 필요 장비 일체를 지급할 거야."

"장비라면……."

"자네 전공인 저격총은 아냐. 권총은 지급하지. 나머지 장비는 보면 알게 될 거야."

"권총 지급이라면 전 가이드가 아니란 말이군요?"

무혁은 가이드란 호칭에 집착했다.

그러나 말콤도 그렇게 만만한 사람이 아니었다.

"자네 기자였지? 종군기자가 방탄조끼와 헬멧을 썼다고 군인이 되는가?"

"……."

무혁의 입을 막아버린 말콤은 승리를 만끽하며 의기양양

했다.

"자넨 가이드고 근접 경호팀은 두 명이야."

"두 명이면 부족하지 않을까요?"

"로미의 정체를 아는 사람은 없어. 필요 이상의 경호 인력은 오히려 이목을 끌 뿐이야. 경호는 양보다 질이기도 하고."

"어떤 사람들입니까?"

"지금부터 그들을 소개하지."

두 명의 백인 남녀가 사무실로 들어왔다.

말콤은 여성부터 소개를 해주었다.

"니콜 하딩 양. 27세. 미국 대통령 경호실 소속으로 영부인 경호를 맡았던 경력이 있어."

무혁은 손을 내밀었다.

"반갑습니다. 문무혁입니다."

"니콜 하딩이에요."

니콜은 붉은 단발머리가 특징적인 건강미 넘치는 몸매를 가진 강인해 보이는 인상의 여성이었다.

"그리고 이쪽은… 휴~"

말콤은 남자를 소개하려다 말고 한숨을 쉬었다.

20대 중반에서 후반쯤으로 보이는 남자는 금발 곱슬머리에 순정만화에서 그대로 튀어나온 것 같은 잘생긴 외모의 소유자였다.

"이분은 랭던 왕국 도멜 백작가의 세바스찬 폰 도멜 남작 님일세."

"아~ 네."

반사적으로 무혁은 도멜 남작의 손을 잡았다.

도멜 남작은 손을 흔들며 호탕하게 웃었다.

"무혁 씨가 오크를 죽였다는 이야기는 들었습니다. 지구인 이 혼자 오크를 잡을 수 있을 것이라고는 전혀 예상하지 못한 터라 무척 놀랐습니다."

무혁은 말콤을 바라보았다.

말콤은 '나는 몰라요' 하는 표정으로 무혁을 외면했다.

무책임도 정도가 있는 법이다.

'빌어먹을… 로미 혼자 온 게 아니었어. 하긴, 성녀 후보씩 이나 되니 경호원이 있다고 해도 무리는 아니지. 아무리 그래 도 미리 귀띔을 해줘야 하는 것 아냐? 가만… 남작이라고?'

지금 이 순간부터 잘나디잘난 귀족 나리와 함께 생활해야 한다.

자칫 잘못하면 아랫사람처럼 부림을 당할 수도 있었다.

'그럴 수야 없지.'

필사적으로 머리를 굴린 무혁은 자신을 소개했다.

"큼, 난 남평 문씨 가문 출신으로 현 대한민국의 전전대 왕 조인 고려국의 국왕 폐하로부터 남평백(南平伯)이자 대장군으로 봉해지시고, 무성(武成)의 시호를 하사받으신 문다성(文多省)의 직계후손입니다. 대학시절 대한민국 국군 특수전 사령부에 부사관으로 자원입대하여 6년 동안 복무했습니다. 그후 전역해 대학 공부를 끝마쳤고 세상에 진실을 알리는 기자로서 문화를 담당하다가 올리비아 님의 간곡한 부탁으로 이번 로미 님의 지구 방문에……."

잠시 말을 끊은 무혁은 자신이 이렇게 나올 줄 전혀 예상하지 못했었는지 하마처럼 입을 벌리고 있는 말콤을 향해 상큼한 미소를 날려준 후 소개를 마무리 지었다.

"지구인을 대표해 로미 신관님과 도멜 남작님의 지구 방문에 옵저버로 선정된 문무혁입니다."

말콤은 인상을 구겼고 니콜은 눈을 동그랗게 떴으며 도멜 남작은 다시 한 번 힘차게 무혁의 손을 흔들었다.

"그럴 줄 알았습니다. 비록 사라진 왕국이라 하나, 한 왕국 대장군의 후손이라면 명문 중의 명문임이 분명하고, 대학과 아마도 군문임에 분명한 특수전 사령부에서 공부하고 복무했으니 문무를 겸비했다는 말 아닙니까. 그것도 모자라 진실을 세상에 알리는 일을 한다? 곧 현자란 말이죠. 대단합니다. 정말로 대단해요. 하긴, 그러하니 지구인임에도 불구하고 오크를 죽였겠죠."

예상대로 호의적인 반응이 돌아왔고 무혁은 만족했다.

대충 인사가 끝나자 말콤은 니콜에게 명령했다.

"하딩 대원, 문 대원의 등록과 장비 수령을 도와주도록."

"알겠습니다, 부장님."

니콜이 다가오더니 나지막하게 말했다.

"기자 출신이라고 하더니 머리가 잘 돌아가더군요."

"귀족 나리란 소리를 듣고 임기응변을 했을 뿐입니다."

"쩝, 미리 알았더라면 나도 머릿속까지 근육으로 채워져 뇌 용량이 작아진 기사 나리에게 하녀 취급은 안 당했을 텐데요."

안 봐도 본 것 같은 그림이 그려졌다.

"크크크. 어쨌든 같은 지구인끼리 잘 부탁드립니다."

"저두요."

"그런데 장비란 게 뭡니까? 권총 말고는 이야기를 안 해주네요."

"호호호, 보면 알아요. 놀랄 준비 하시구요."

"1분 전에 이계인을 봤는데 더 놀랄 일이 있겠습니까?"

"장담하지 말아요."

니콜은 올리비아가 했었던 말을 반복했다.

*   *   *

생텀 코리아는 40층짜리 건물을 통째로 사용한다.

등록은 4층 관리부에서 이뤄졌다.

관리부에서는 무혁의 피를 뽑고 지문과 홍채를 등록한 후 국내 유명 은행에서 발급한 카드 한 장을 내주었다.

"신용카드 용도일 뿐만 아니라 신분증 역할도 겸해요."

"와우~!"

회사원에게 법인카드란 일종의 로또와 같다.

무혁은 희망을 담아 물었다.

"얼마까지 사용할 수 있습니까?"

"직접 확인해 보세요. 개인마다 다르니까요."

ATM기는 1층 로비에 있었다.

신용카드를 넣은 후 등록했던 비밀번호를 누르자 모니터에 사용 가능 금액이 표시되었다.

"????????라고 나오는데요? 뭐가 잘못됐나 봅니다."

"저도 처음 봐요. 확인해 보죠."

두 사람은 다시 4층으로 올라와 직원에게 물었다.

직원은 왜 그런 것도 모르냐는 표정으로 말했다.

"한도가 없다는 의미입니다."

"한도가 없다니… 그게 무슨……."

"문자 그대롭니다. 한도가 없다. 사전이라도 가져다 드릴까요?"

"…아뇨."

절대로 사전은 필요 없었다.

니콜은 행운을 만끽하고 있는 무혁을 38층으로 안내했다.

엘리베이터에서 내리자 전면에 은행 지하에나 있어야 할 거대한 금고가 모습을 드러냈다.

금고 앞에는 엘리베이터를 향해 금속으로 제작된 데스크가 놓여 있었고 데스크 뒤에는 검은 전투복을 입은 흑인 남성이 앉아 있었다.

흑인 남성과 니콜은 아는 사이였다.

"어이~ 니콜, 오랜만이야. 에이전트 나리가 무슨 바람이 불어서 창고까지 왕림하셨어?"

"장비 수령하러 왔어요, 톰슨."

"신입 에이전트인가?"

"그래요. 무혁 씨, 신분증을 여기 스캔하세요."

"네."

무혁은 데스크에 설치된 스캐너에 신분증을 스캔했다.

삐~!

스캔이 완료되자 결과를 확인한 톰슨이 무혁을 바라보았다.

"휴~ 우, 에이전트 1등급이라니… 오랜만에 보는군."

무혁은 니콜을 바라보았다.

"저도 1등급이에요."

"그래, 난 3등급이지."

톰슨은 금고로 들어가 사과 박스 4개를 합한 것 같은 크기의 철제 박스 하나를 대차에 실어 내왔다.

"찬찬히 살펴보라구."

"고마워요."

무혁과 니콜은 금고 옆에 설치된 방으로 박스를 들고 들어갔다.

"에이전트 1등급의 장비는 모두 4가지로 이루어져 있어요. 우선 표준 지급품인 권총."

권총은 글록 22 기본형 모델이었다.

무혁은 글록 특유의 강화플라스틱 몸체를 어루만졌다.

".40 S&W 탄 사용 모델이라……."

"사용해 본 적 있나요?"

"없습니다. 한국군은 주로 9㎜탄을 쓰는 K5를 사용하니까요."

"아무래도 우리가 사용하는 장비들이 미국에 맞춰져 있어서요. 불편하면 K5를 구해줄 수도 있어요."

"숙달 훈련을 하면 괜찮아질 겁니다. 한국에서 권총을 사용할 일도 없을 테구요."

"마약과 총기에 깨끗한 점이 한국의 장점이죠."

두 번째 장비는 은빛으로 빛나는 금속 사슬 셔츠였다.

"이건 일종의 방탄조끼라고 생각하시면 돼요."

"흠……."

살짝 들어보니 셔츠는 깃털처럼 가벼웠다.

도무지 이런 물건만으로 방탄이 된다는 사실이 믿어지지
않았다.

그러나 한편으로 이런 생각도 들었다.

'따지고 보면 예수님 이후 최초로 죽었다 살아난 사람이
나잖아.'

무혁은 현실에 집중하기로 했다.

"성능은요?"

"12.7㎜탄까지는 전혀 피해를 받지 않아요. 그 이상은 뼈
가 부러진다고 하더군요."

"대단하군요. 니콜 씨도 입고 있습니까?"

"당연하죠. 부가적으로 여름에는 시원하고 겨울에는 따뜻
한 기능까지 달려 있거든요."

"누가 만들었냐고 묻고 싶지만 니콜 씨도 모르겠죠?"

"맞아요. 짐작만 할 뿐이죠."

이계의 물건이란 이야기다.

무혁은 세 번째 장비를 집어 들었다.

서츠와 같은 재질로 보이는 은빛 금속으로 만든 평범한 팔찌였다.

"이놈을 차면 하늘이라도 난답니까?"

"하늘은 못 나는데 이건 할 수 있어요."

니콜은 박스가 놓인 철제 탁자를 한 손만을 사용해 들어 올렸다.

"힘이 강해지는군요."

"달리기도 빨리 할 수 있어요."

"육상과 역도 신기록을 모조리 갈아치우겠네요."

"이 장비가 세상에 알려지게 된다면 그렇겠죠. 마지막 다섯 번째 장비는……."

은빛 금속으로 만들어진 평범한 반지였다.

"이놈은 통신기예요. 언제 어디서나 그룹이 되는 반지와 통화할 수 있어요. 지하에 있다고 하더라도요."

"작동은 어떻게 합니까?"

"그냥 통화할 상대방을 떠올리면 되요."

무혁은 반지를 손가락에 끼운 후 니콜을 떠올렸다.

"여보세요?"

"대화는 생각으로 이뤄져요. 굳이 말로 할 필요가 없죠."

"……."

무혁은 니콜의 얼굴을 떠올렸다.

[니콜, 로미만큼은 아니라도 나름 매력 있는 얼굴이야.]

[나름이란 말이 무척 거슬리는군요.]

[헛!]

[헛은 무슨 헛이에요. 이제 장비를 착용하세요.]

니콜이 자리를 비켜주었다.

무혁은 우선 팔찌부터 손목에 끼웠다.

그리고 한 손으로 철제 테이블을 들어보았다.

무게감이 전혀 없지는 않았지만 느껴지는 중량은 테이블이 스티로폼으로 만들어졌을 때 느낄 무게 정도에 불과했다.

'판타지 소설이라면 이 정도 장비를 가지면 주인공 급인데 말이지.'

주어진 시간 동안 무혁은 다량의 판타지 소설을 읽었다.

소설 속 주인공들은 하나같이 우연히 얻은 한 개의 아티팩트로 부와 명예를 거머쥐었다.

'그러나 현실은 월급쟁이란 이야기지.'

아무리 스스로를 옵저버라고 주장해도 본질은 변하지 않는다.

무혁은 지구라는 세상에 관광을 온 로미의 가이드가 분명했다.

'쓸데없는 생각은 그만.'

무혁은 입고 있던 와이셔츠를 벗고 사슬 셔츠를 입었다.

맨살에 입었지만 예상과 다르게 사슬 셔츠는 금속 특유의 차가움이 느껴지지 않았다.

다시 양복을 입고 방을 나오니 기다리고 있던 니콜이 이번에는 지하로 안내했다.

지하 주차장에는 올리비아가 로미와 도멜 남작과 함께 기다리고 있었다.

무혁을 발견한 로미가 살짝 무릎을 굽히며 인사를 했다.

"오랜만이에요, 무혁 님. 앞으로 잘 부탁드려요."

"부탁은 부탁인데… 올리비아 씨, 이 꼴들이 뭡니까?"

무혁은 로미와 도멜 남작을 가리켰다.

로미는 판타지 소설에서 튀어나온 여주인공의 복장을 그대로 입고 있었다.

우선 로마의 여성용 복장인 스톨라와 비슷한 허벅지까지만 내려오는 하얀색 튜닉을 입었다.

그리고 튜닉 위에 금으로 상감된 느티나무가 새겨진 은빛 플레이트 갑옷을 걸쳤다.

틀어 올린 금발 머리에 수정을 통째로 깎아 만든 티아라를 쓴 후 황금으로 만든 것이 분명한 홀을 들었다.

도멜 남작은 한술 더 떠 투구는 안 썼지만 박물관에서 튀어나온 것 같은 풀 플레이트 갑옷을 입고 길이가 1.5m는 되어 보이는 거대한 바스타드 소드까지 들고 있었다.

무혁의 질문에 올리비아는 난감한 표정을 지었다.

"나도 알아요. 그러나……."

그러자 로미가 끼어들었다.

"오늘은 저에게 있어 무척 중요한 의미가 있는 날이에요.
그래서 오늘만큼은 신관 복장을 입고 싶어요."

왜 아니겠는가.

무혁이라도 이계에 대사로 가면 가진 옷 중에 가장 좋은 옷
을 입을 것이다.

"아~ 네……. 그런데 신관 복장치고는……."

좋았다.

"바람직하군요."

어차피 막상 로미가 저 복장으로 대로를 활보한다고 해도
코스튬플레이를 하는 외국인 미소녀 이상으로 보는 사람은
없을 것이다.

그리고 그 점은 도멜 남작의 경우도 마찬가지다.

'덕 중의 덕은 양덕이라고 했으니…….'

무혁은 그렇게 스스로를 납득시키고 말았다.

*   *   *

준비된 자동차는 벤츠 S600이었다.

"그냥 벤츠가 아니에요. 가드죠."

벤츠 S클래스 중에서도 가드 모델은 대한민국 대통령을 비롯해 전 세계 정상들이 애용하는 방탄 차량이다.

로미가 가진 중요성을 생각하면 당연한 선택이다.

로미와 도멜 남작은 자동차를 보고서도 전혀 놀라지 않았다.

무혁은 3개월간의 기본 적응 교육 덕분이라고 생각했지만 그것은 틀린 생각이었다.

도멜 남작은 벤츠의 문을 열며 말했다.

"본가인 도멜 백작가에 있는 자동차보다 100배는 좋은 것 같아. 멋져."

로미도 말했다.

"저도 도멜 백작령의 신전에서 봤어요. 그런데 휘발유가 비싸 자주 운행하지는 못한다고 하더군요."

무혁은 올리비아를 바라보았다.

올리비아는 별일 아니라는 듯 말했다.

"세상에 공짜는 없는 법이거든요."

"……."

운전은 니콜이 맡기로 했다.

최상급의 경호원들은 단순한 운전이 아니라 위급 상황에
대처하는 방어운전훈련을 전문적으로 교육받는다. 바로 니
콜이 그렇다.

　　무혁은 조수석 뒤편 도어를 열었다.

　　"로미 신관님, 이쪽이 상석입니다."

　　"자동차에도 상석이 있나요?"

　　"보통 조수석 뒷자리를 상석으로 칩니다."

　　"그렇군요. 그런데 제가 상석에 앉을 자격이 있을까요? 도
멜 남작님이 앉으시는 편이 맞을 듯해요."

　　도멜 남작이 손을 저었다.

　　"아닙니다, 로미 신관님. 저는 신관님의 신변을 보호하는
기사일 뿐입니다. 당연히 신관님이 상석에 앉으셔야죠."

　　"네, 그럼……."

　　로미가 차에 타자 남자 두 명만 남았다.

　　기묘한 긴장감이 두 명 사이를 맴돌았다.

　　먼저 움직인 것은 무혁이었다.

　　무혁은 운전석 뒤편 도어를 열었다.

　　도멜 남작이 반발했다.

　　"신관님 옆자리는 내가 앉는 것이 좋을 것 같네."

　　"이유를 물어봐도 될까요?"

　　"내가 신관님의 경호원이기 때문일세. 지근거리에 있어야

경호를 할 수 있지 않겠나."

"전 옵저버로서 신관님의 질문에 대답할 의무가 있습니다. 앞 조수석에 앉으면 그럴 수 없겠지요. 그리고 조수석이 더 시야가 좋습니다. 시야가 좋아야 경호 업무에 만전을 기할 수 있지 않겠습니까?"

"⋯⋯."

승리자는 논리적인 설명을 늘어놓은 무혁이었다.

무혁이 뒷자리에 타자 니콜이 말했다.

"차원을 사이에 두고도 남자들의 유아틱한 행동은 다르지 않군요. 연구해 볼 만한 가치가 있어요."

"⋯⋯."

"⋯⋯."

니콜은 올리비아가 알려준 주소로 차를 몰았다.

로미는 서울에 처음 올라온 시골 소녀처럼 행동했다.

─자동차가 정말 많군요. 랭던 왕국에도 백작가에나 겨우 한 대 있는 수준인데 말이죠.

─도로 전체를 매끄러운 물질로 포장했네요. 왕도라도 이런 호사를 부리지는 못할 거예요.

─어머나, 저렇게 높은 건물이 있다니⋯⋯. 게다가 건물주변을 귀한 유리로 둘렀군요. 어떤 건물인가요?

―저런 건물에 서민이 산다구요? 믿기 힘들어요.

―하지만 아파트의 높은 곳에 사는 분들은 물을 기르기 힘들겠어요.

―네? 자동으로 물이 나온다구요? 난방과 냉방이요? 신전도 그런 호사는 못 누리는 걸요.

―대한민국이 세계에서 가장 잘사는 나라인가요?

―200개 나라에서 10여 등 정도라구요? 세상에⋯⋯. 지구는 정말로 대단한 곳이군요.

―지구 반대편까지 하루면 간다구요? 마법이 없는 걸로 아는데 어떻게 그런 일이 가능하죠? 그것보다 자동차 한 대 가격이면 지구를 한 바퀴 돌 수 있다니 정말 믿기지 않아요.

―선갑도에서 사진과 영상으로 숱하게 본 장면이지만 내 눈으로 직접 보는 건 전혀 다르군요. 솔직히 말해서 압도당했어요.

무혁은 성심성의껏 로미의 질문에 대답해 주었다.

도멜 남작은 창문에 코를 박고 지나가는 여성들의 옷차림을 보는 데 여념이 없었다.

"이곳 여성들은 부끄러움도 없답니까? 맨살을 저리 내놓고 다니다니⋯⋯."

"나라마다 다릅니다. 몸은 물론 얼굴까지 가리고 다니는 나라도 있지요. 우린 그것을 문화라고 부릅니다. 문화는 존중되어야 마땅하죠. 생텀에서도 각 나라마다 복식이나 생활양식이 다를 것 아닙니까?"

"그렇긴 하지만… 나 원 참, 눈길 두기가 마땅치 않아서……."

운전을 하던 니콜이 말했다.

"제가 알기로 남작님은 선갑도 기지에서 인터넷 서핑에 꽤나 시간을 투자하셨다고 들었어요. 여자 연구원들을 기겁하게 만든 사진을 수집하는 취미가 있었다면서요?"

"큼."

"왜? 사진보다는 실물이 더 보기 좋나요?"

"……."

니콜은 이때다 싶었는지 도멜 남작에게 쌓였던 원한을 마음껏 풀었다.

미소로 두 사람의 대화를 듣던 로미가 무혁에게 말했다.

"전 무혁 씨와 생각이 달라요. 대한민국의 여성분들이 긴바지, 긴치마, 원피스, 짧은 치마를 자유롭게 입을 수 있다는 말은 달리 말하면 온몸을 가려야 하는 나라의 여성들에 비해서 자기 의사 결정권이 있다는 의미겠죠."

"그럴 수도 있겠네요. 대한민국의 대통령도 여성이니까요."

"대통령이라면 국왕과 같은 역할을 한다던……. 놀랍군
요."

"그렇습니다. 5년 단임제의 선출직이란 사실이 다르지만
요."

"백성이 군주를 선출한다. 사실 전 그 개념을 이해하지 못
하고 있었어요. 그러나 지금 눈으로 세상을 보니 조금은 알겠
네요. 백성들이 선출한 군주는 백성을 위할 수밖에 없겠죠.
대한민국이 왜 이토록 부유한지 이해할 수 있어요."

무혁은 꼭 그런 것만은 아니라고 말해주고 싶었다.

그러나 무혁은 그런 마음을 표현하지 않았다.

이유야 어떻게 됐든 민주주의는 인간이 만들어낸 가장 발
전된 정치 구조다.

민주주의하에서는 위정자의 잘못 역시 궁극적으로 민중의
책임이기 때문이다.

제6장

적응

Sanctum

   일행이 앞으로 거주할 집은 한강이 한눈에 내려다보이는 한남동의 고급 단독주택이었다.

   이미 와본 적이 있는지 니콜이 방을 배정해 주었다.

   "방은 1층에 두 개, 2층에 두 개가 있어요. 모두 욕실이 딸려 있어 불편한 점은 없을 거예요. 2층은 로미 님과 제가 사용하고 1층은 도멜 경과 무혁 씨가 사용하는 걸로 하죠. 다른 의견 있나요?"

   집은 무혁이 한 번도 경험하지 못했을 만큼 화려했다.

   그러나 로미나 도멜 남작은 감동에 몸부림치는 무혁과는

달리 덤덤했다.

"소박하군."

"좁아서 청소하긴 편하겠어요."

무혁은 두 사람의 반응에서 그들의 본질이 중세의 귀족과 성직자와 다르지 않다는 사실을 새삼 깨달았다.

앞으로 부딪칠 수많은 난관을 생각하니 머리가 아파왔다.

그렇다고 이제 와서 손을 털 수도 없다.

'어렵겠지만 어쩔 수 없겠지. 잘해보는 수밖에…….'

무혁은 그렇게 스스로를 납득시켰다.

짐을 정리하고 옷을 갈아입은 후 다시 응접실에 모인 네 사람은 공동생활에 필수적인 규칙을 정하기로 했다.

보안 문제로 집안 청소니 요리니 하는 잡일까지 모두 스스로 처리해야 하니 정해야 할 규칙 리스트는 끝이 없었다.

우선 무혁은 현대인의 감각으로 각자의 방을 제외한 공용 공간의 청소와 식사 준비를 순번제로 정했다.

그러자 당장 도멜 남작이 반발하고 나섰다.

"난 그렇다고 쳐도 로미 신관님에게 요리를 시키다니……. 절대로 용납할 수 없네."

무혁은 지지 않았다.

솔직히 밥까지 해다 바치고 싶지 않다는 생각이 맞았다.

"그것도 경험입니다."

"불가. 절대로 찬성할 수 없어."

도멜 남작의 말을 듣다 보니 갑자기 화가 치밀었다.

'언제 봤다고 계속 반말이야. 나이가 29살이라고 하지 않았던가?'

두 사람만 모이면 서열을 정하는 대한민국에서 31년을 산 남자의 보편적인 정서다.

그렇다고 손님인 도멜 남작에게 무작정 반말을 지껄일 수도 없다.

'상하가 정해지면 청소나 요리의 순번도 자연스럽게 결정되는 거야.'

무혁은 호칭에 집중하기로 했다.

"먼저 호칭부터 정하죠. 앞으로는 외부 활동이 많아질 텐데 남작님이니 신관님이란 호칭을 사용할 수는 없지 않겠습니까? 더 나아가서 좀 더 친밀한 호칭을 사용했으면 좋겠습니다. 그러는 편이 서로 빨리 가까워질 테고, 또 그래야 지구를 경험하는 깊이 또한 깊어질 테니까요."

"좋은 말씀이세요."

로미는 무혁의 편이었다.

"찬성이에요."

니콜도 찬성했다.

문제는 도멜 남작이었다.

"난 반대야. 랭던 왕국 국왕 폐하께 인정받은 남작 작위 소유자로서, 그리고 만물의 생명을 주관하시는 유리아 여신님의 고귀한 종을 지키는 수호자로서 그 무게를 벗어던질 수 없어."

"말씀은 복잡하게 하셨지만 남작님으로 불러달라는 말이군요?"

"그렇지."

"여긴 대한민국이고 남작이란 칭호는 쓰이지 않습니다."

"다소의 난관이 있다고 해도 굽혀서는 기사가 아니야. 어려운 상황일수록 신념을 세우고 어깨를 펴는 것이 바로 기사일세. 더불어 신관님에게도 정중한 호칭을 부탁하네."

복잡하게 이야기했지만 말인즉슨 호칭 문제에 합의할 생각이 없다는 말이다.

그래도 백주대낮에 남작이니 신관님이니 할 수는 없다.

무혁은 한발 물러섰다.

"좋습니다. 그러면 작위는 생략하고 상호 존대하는 선으로 호칭을 결정하죠."

"안 돼."

도멜 남작은 여전히 완강하게 버텼다.

'하~ 옛날 비가 와도 뛰지 않던 선비들이 저랬을까?'

답답하지만 포기할 수밖에 없었다.

그런데 그때 로미가 나섰다.

"잠시 남작님과 이야기할 시간을 주시겠어요?"

"그렇게 하십시오. 자리를 비켜 드리겠습니다."

"아니에요. 제 방에 가서 이야기할게요. 남작님? 괜찮겠죠?"

"네? 네… 신관님."

고집불통 도멜 남작이 늑대 앞의 새끼 양처럼 고개를 숙이고 로미의 뒤를 따라갔다.

"저렇게 존경심이 넘쳐 경외심을 보일 정도니 앞으로가 걱정입니다."

"동감이에요."

"니콜 씨는 그래도 경험이 있어서 저보단 낫겠네요."

"무슨 이야기죠?"

"영부인을 모셨으니 지금까지 해오셨던 것처럼 대하면 될 것 아닙니까? 미국 영부인이면 현대의 황비 아닙니까?"

"아~ 네. 그렇죠. 뭐."

니콜의 반응이 이상했다.

'아니, 어색해……. 하긴…….'

경호원이 모시던 사람의 이야기를 하는 건 금물일 터다.

무혁은 무언가 깨끗하게 떨어지지 않는 니콜의 대답을 그렇게 받아들였다.

*　　　*　　　*

방문을 닫자 로미가 도멜 남작에게 말했다.

"어때요?"

"잠시만!"

도멜 남작이 귀를 방문에 댔다.

그렇게 잠시 밖의 동정을 살피던 도멜 남작이 말했다.

"아직 거실에 있어. 신세 한탄을 하고 있네."

"그럴 만도 하죠. 세바스찬이 그런 까칠한 반응을 보였으
니까요."

놀랍게도 두 사람의 대화 속에는 어떤 존칭도 사용되지 않
고 있었다.

게다가 로미에게 신관님이라고 부르며 공대하던 도멜 남
작은 신관님이란 호칭은커녕 아예 반말을 사용했다.

이는 분명 무혁이 들었으면 기절초풍할 대화였다.

도멜 남작은 계속 반말을 사용했다.

"여기는 생텀이 아니라 지구야. 깔보이면 끝장이라고."

"그렇긴 하지만… 저기… 세바스찬."

"응?"

"무혁 씨는 어떤 사람 같아 보여요?"

"흠, 겪은 시간이 짧아서 잘은 모르겠지만… 가장 크게 다가온 인상은 권력자에 굽히지 않는 성격을 가진 것 같아. 그리고 유머도 있어 보이고……. 물론 그 유머가 별로 웃기지 않아서 문제지만."

"저랑 같은 생각이네요."

"그런데 왜 불렀어?"

"사실 유리아 여신님의 신탁이 있었어요."

"아~!"

신탁이란 말에 탄성을 지른 도멜 남작이 한쪽 무릎을 꿇고 오른쪽 주먹을 왼쪽 가슴에 가져다 댔다.

"로미 신관님. 미천한 종이 여신님의 성음을 친견합니다."

로미가 어여쁜 아미를 살짝 찌푸렸다.

"세바스찬, 다시는 그러지 않기로 했잖아요."

"그렇긴 하지만… 그래도, 신탁이라서……."

도멜 남작이 멋쩍은 듯 머리를 긁으며 일어났다.

"세바스찬과 저는 1년간 생과 사를 넘나드는 여행을 같이 했어요. 그래서 내린 결론이 뭐였죠?"

"…오빠와 여동생으로 지내기로 했지."

"그래요. 세바스찬은 그 험난한 여행길에서도 웃음을 잃지 않았던 유쾌한 사람이에요. 자신이 귀족이라는 자각을 티끌

만큼도 하지 않는 남자기도 하죠. 전 세바스찬이 지구에서도 그 모습을 잃지 않기 바라요."

"로미야, 그렇지만 저들은 생텀인이 아니야."

로미는 고개를 저으며 말했다.

"이제 신탁을 말할게요."

"혹시 저들과 격의 없이 지내란 신탁이야?"

"그건 아니에요. 무혁 씨가 저에게 아주 중요한 사람이라는 여신님의 말씀이 있으셨어요."

"여신님이 그렇게 말씀하셨다면 뭐… 그럼, 니콜은?"

"니콜만 빼놓을 수는 없지 않아요?"

"것도 그러네. 알았어."

"고마워요, 세바스찬."

"크크크크. 너도 그런 말 하지 않기로 했잖아. 그리고 사실 나도 되지도 않는 귀족 노릇하기 싫었는데 잘됐지, 뭐."

"호호호, 알았어요. 하지만 오빠가 남작이고 영지가 있는 건 사실이잖아요."

"영지라고 해봤자 다 무너져 가는 폐허나 다름없는걸."

"그럼 잘 부탁해요, 오빠."

"나도 잘 부탁한다, 로미."

따스함과 온건한 믿음.

두 사람은 신뢰의 눈빛으로 그렇게 서로를 바라보았다.

　　　　　＊　　　　　＊　　　　　＊

　도멜 남작이 말했다.

　"무혁 형, 형이라고 부르면 되죠? 전 세바스찬이라고 불러
주십시오."

　"……."

　"왜 마음에 안 듭니까? 한국에서는 한 살 많은 남자를 형이
라고 부른다고 알고 있습니다만."

　"그렇긴 하지만……."

　무혁은 진지하게 로미의 방 공기를 조사해 봐야겠다고 생
각했다.

　'그렇지 않고서야 저렇게 변할 수 있나?'

　어쨌든 좋은 일이다.

　경직을 풀고 웃은 세바스찬은 안 그래도 어려 보이는 얼굴
이 더더욱 어려 보였다.

　로미도 말했다.

　"앞으로 오빠라고 부를게요. 잘 부탁해요."

　"아~ 으… 웅."

　3대 독자 외동아들이라 외롭게 자란 무혁이다.

　졸지에 남동생과 여동생이 쌍으로 생겼다. 것도 이계인으

로 말이다.

'나쁘지 않아. 아니, 좋아.'

로미는 니콜에게도 말했다.

"언니, 잘 부탁해요."

니콜은 무혁처럼 호들갑을 떨지 않고 담담히 로미의 인사를 받았다.

"나도 잘 부탁해, 로미."

세바스찬도 니콜에게 말했다.

"누나라고 불러야 하겠죠? 전 누나가 없어서 그런지 영 쑥스럽네요."

"나도 너 같은 동생 둔 적 없어."

"크크크크."

"호호호호."

무혁은 삽시간에 세바스찬이 태도를 바꾼 이유를 로미에게서 찾았다.

세바스찬은 로미를 지극히 공경하니 아마도 로미가 방에서 한마디 했을 것이란 예상이다.

어쨌든 잘된 일이다.

그러면 된 것이다.

일단 서열이 정해지자 나머지 규칙은 일사천리로 결정되

었다.

우선 가장 중요한 문제였던 청소와 요리는 순번을 정하기로 하고 무혁은 다음 규칙으로 넘어갔다.

"일단 외출 시에는 무조건 4명이 함께 나가는 것으로 할게. 만일 예외의 상황이 발생하면 나에게 미리 통보해 주도록."

이번에도 모두가 무혁의 의견에 동의해 주었다.

무혁은 마지막 문제이자 가장 중요한 문제를 거론했다.

"로미와 세바스찬은 지구를 경험하기 위해 왔어. 그러니 무엇보다 그 문제에 집중할 생각이야. 내가 나름대로 생각해 둔 순서가 있지만 혹시라도 두 사람이 경험하고 싶다거나 알고 싶은 문제가 있으면 언제든지 바꿀 수 있으니 말해주길 바라."

"알았어요, 무혁 오빠."

"알았습니다, 형."

로미의 오빠란 칭호가 무혁의 허파를 간지럽게 만들었다.

무혁은 무안함을 피해 니콜을 바라보았다.

"내 말은 끝났어. 니콜도 할 이야기 있으면 해."

"알았어. 무혁 오… 빠……."

어색한지 더듬거리며 오빠라는 호칭을 발음한 니콜은 로미와 세바스찬을 바라보며 정색했다.

"한 가지만 당부할게. 지구는 생텀이 아니야. 기적도, 마법도, 오러도 없는 세상이야. 때문에 절대로 두 사람의 능력을 드러내면 안 돼. 어떤 상황에서도 말이야."

"알았어, 니콜 언니."

"알았어, 니콜. 안 그래도 지구는 마나의 농도가 너무 약해. 마나를 모으려면 생텀보다 수십 배 고생해야 해. 나쯤 되면 어찌어찌 모을 수는 있겠지만 그래도 보통 일이 아니라구."

두 사람의 대답으로 중요한 대화는 끝이 났다.

규칙은 아니지만 당장 할 일이 있었다.

"그런데 두 사람 입을 옷은 있어?"

"지금 입고 있는 옷이 전부예요. 올리비아 씨가 주셨어요."

로미는 평범한 청바지에 티셔츠를 걸치고 있었다.

"나도입니다."

세바스찬 역시 청바지와 가슴에 '아이 러브 뉴욕'이란 글씨가 새겨진 티셔츠를 입고 있었다.

올리비아는 생각보다 악취미가 있는 듯했다.

"그럼 옷부터 사러 가자구. 그리고 지구에서의 첫날 밤을 기념할 만한 멋진 식사를 하자."

쇼핑은 언제나 즐거운 법이다.

멋진 식사도 그렇다.

무혁의 제안은 만장일치로 통과되었다.

*   *   *

강남의 한 백화점에 도착한 일행은 니콜과 로미, 무혁과 세
바스찬으로 조를 나눠 쇼핑에 하기로 했다.

그리고 불과 5분 뒤 무혁은 자신의 선택을 후회했다.

'빌어먹을······.'

무혁과 세바스찬이 방문한 첫 번째 매장은 정장 매장이었
다.

몽롱한 눈빛으로 세바스찬을 바라보던 판매 사원이 정신
을 차리고 말했다.

"슈트를 입어보시기에는 입고 계신 티셔츠가 안 어울릴 것
같습니다, 손님. 준비된 와이셔츠로 갈아입으시겠어요?"

"그러죠."

세바스찬은 무혁이 말리기도 전에 티셔츠를 벗어 던졌다.

어느새 모여든 주변 매장 판매 사원들과 쇼핑객들 사이에
서 탄성이 터져 나왔다.

"어머······."

"어쩜, 어쩜."

"얼굴은 순정만화에서 튀어나온 것같이 곱상한데 무슨 근육이… 세상에……."

"내가 헬스를 다녀서 조금 아는데 저런 자잘한 근육은 절대 헬스로 만든 뺑근육이 아냐."

"그런데 몸에 상처가 많아."

"더 멋지지 않아?"

"아~ 저런 남자 좀 사귀어봤으면 소원이 없겠다."

"주제를 알아, 이것아. 나라면 몰라도."

"흥, 그런데 모델일까?"

"모델이나 배우쯤 되겠지."

"얼굴과 근육 사이의 갭……. 아~ 못 견디겠어."

무혁은 외모 만능주의의 세태를 원망한 후 반지를 사용해 속삭였다.

[니콜…….]

'왜욧!'

니콜의 목소리 톤이 높았다.

굳이 물어보지 않아도 이유를 알 수 있었다.

[너도… 구나?]

[휴~ 자존심이 바닥을 기네요. 무슨 몸매가……. 그런데 무혁 오빠도예요?]

[딱 돌겠다.]

[나만큼은 아닐걸요.]

[몇 층이냐?]

[왜요?]

[나도 보고 싶어서……]

[죽고 싶어요?]

[아냐……. 수고해라.]

무혁은 복수에 나섰다.

"세바스찬, 그 옷은 안 어울려. 이놈이 최신 유행이라구."

무혁은 판매 사원이 심혈을 기울여 선정한 감색 정장 대신
짙은 검은 줄무늬가 있는 갈색 정장을 내밀었다.

야유가 쏟아졌다.

"어머, 어머, 저 남자 뭐야."

"저런 노땅 옷을 어디다 디밀어."

"우리 할아버지도 저런 디자인은 안 입으시겠다."

"쌍팔 년도 디자인, 아니, 구한말 디자인이야."

원래 목적을 달성한 무혁은 회심의 미소를 지었다.

그러나 무혁의 미소는 계속되지 못했다.

세바스찬이 탈의실에서 무혁이 골라준 양복으로 갈아입고
나오자 여자들은 손을 모아 잡고 탄성을 질렀다.

"세상에……"

"저 양복, 멋지잖아."

"30년대 영화배우 클라크 게이블 같아……."

"아~ 옷이 문제가 아니었어. 사람이 문제였어."

"하긴 저 얼굴이면 뭘 입혀놓은들 안 멋있을까?"

"저 얼굴만 평생 뜯어 먹고 살 순 없을까?"

"거울을 보고 네년 얼굴이나 봐."

양복 몇 벌을 산 후 다음 매장으로 이동하자 여성들이 졸졸 뒤따라왔다.

"쩝, 네가 아이돌이라도 되는 것 같다."

"아이돌이 뭡니까?"

"남자들의 공공의 적이라고 할 수 있지."

"나쁜 놈들이네요. 그런데 날 왜 그런 악당들과 비교하는 거죠? 기분이 좋지 않네요."

"하~ 관두자. 그리고 존댓말 쓰지 마."

"형에게는 존댓말을 쓰는 거 아닌가요?"

"한두 살 차이는 안 그래."

"알았어. 나야 편하지. 그런데 혹시 질투하는 거야?"

"질투?"

"여성분들이 나에게만 관심을 가지니 말야."

"……."

"내가 좀 잘났긴 하지. 라스토라 제국에 갔을 때 이야긴데 제국 후작 각하의 미망인께서……."

"그 입 다물라."

대화를 포기한 무혁은 세바스찬과 캐주얼 매장으로 들어
갔고 당연히 양복 매장에서의 소란이 반복되었다.

매장마다 이런 식이라 무혁도 덤덤해질 무렵, 더 큰 사건이
벌어졌다.

무리를 지어 세바스찬의 뒤를 따르던 여성 중 한 명이 사진
을 찍기 위해서인 듯 스마트폰을 꺼내 들었다.

그 행동이 문제였다.

그녀는 뒤에서 미는 다른 여성들 때문에 중심을 잃었다.

넘어지던 여성은 들고 있던 쇼핑백과 스마트폰을 놓치고
손으로 바닥을 짚으려 했다.

"어멋!"

모두가 아차하는 순간 세바스찬이 번개같이 움직여 여성
을 부축했다.

"괜찮으십니까, 레이디?"

"…네? 네……."

"다행입니다, 레이디. 그럼 이것을……."

세바스찬이 어느새 받아 든 쇼핑백과 스마트폰을 내밀었
다.

세바스찬의 몸놀림은 인간의 것이라고는 도저히 상상할
수 없을 만큼 재빨랐다.

누구라도 이상하게 생각할 그런 움직임이다.

지구 적응 첫날 정체가 탄로 날 수도 있는 순간이다.

'저 미친 새끼.'

가슴이 철렁 내려앉은 무혁은 여성들의 반응을 살폈다.

"……."

다행인지 불행인지 여성들의 관심사는 세바스찬의 몸놀림에 있지 않았다.

"어머… 멋져라."

"몸놀림이 귀족 같아."

"귀족일지도……."

"귀족일 거야……."

몸을 일으킨 여성이 고개를 숙이며 말했다.

"감사해요."

감사라는 말에 세바스찬이 여성의 오른손을 잡고 한쪽 무릎을 꿇었다.

머릿속에 맹렬한 경고음이 울렸다.

'안 돼!'

무혁의 처절한 외침도 무색하게 세바스찬은 자신을 소개했다.

"감사라니요. 레이디의 안전은 저 세바스찬 폰 도멜 남작의 기쁨입니다."

"……."

"……."

"……."

깊은 침묵이 주변을 감싸 안았다.

한참을 지속되던 침묵을 깬 사람은 세바스찬에게 오른손을 잡힌 여성이었다.

"깍!"

"……."

"미친 사람……."

"아… 아닙니다. 전 명예로운 도멜 백작가의 차남이자 포레스트 남작령의 영주 세바스찬 드 도멜 남작이 맞습니다."

"깍! 깍!"

"……."

얼굴이 파랗게 된 여성이 세바스찬의 손을 뿌리치고 황급히 사라졌다.

"어쩐지 이상하더라……."

"처음부터 몸놀림이 수상했지?"

"역시나 미친 사람이었어."

"처음 입고 있었던 아이러브뉴욕 옷을 봤을 때 알아차렸어야 했는데……."

"난 이상하다고 했는데 네가 따라오자고 했잖아."

"내가 언제? 너 웃기다."

"웃기긴 뭐가 웃겨? 나 갈래."

"가든지 말든지."

여성들은 자신이 세바스찬을 귀족이라고 생각하는 건 당연하다고 생각했다. 그러나 세바스찬이 스스로 귀족이라고 자칭하는 행동은 이해하지 못했다.

꿈과 현실은 엄연히 차이가 있으니 어쩌면 당연하다.

여자들이 썰물처럼 빠져나가자 세바스찬이 이해할 수 없다는 표정으로 무혁에게 답을 구했다.

"내 예절에 잘못된 점이라도 있어?"

기분이 좋아진 무혁은 대꾸했다.

"이곳 여성들은 그런 행동을 하는 널 미쳤다고 생각해. 그러니 다시는 그런 행동 하지 마."

"……."

"대답!"

"알았어."

기분이 좋아진 무혁은 앞장서서 걸음을 옮겼다.

*   *   *

대충 세바스찬의 옷들을 구입한 후 무혁은 니콜을 호출했다.

[우린 끝났어. 그쪽은?]

[여자는 남자와 달리 시간이 많이 걸려요. 하지만 더 이상 쇼핑은 못 하겠어요. 주차장에서 봐요.]

[왜?]

[보면 알아요.]

보니 알 수 있었다.

로미의 뒤에 몰려 있는 남자들 때문이다.

니콜은 무혁과 같은 행운이 없었음이 분명했다.

무혁이 할 수 있는 말은 하나뿐이었다.

"밥이나 먹으러 가자구."

지구에서의 첫 번째 식사 장소는 한남동 주택가에 자리 잡은 평범한 삼겹살 집으로 정했다.

"더 좋은 가게도 있지만 평범한 지구인의 삶을 엿본다는 측면에서는 골라봤어. 일종의 선술집이라고 생각하면 될 거야."

물론 다른 이유도 있다. 한남동의 특성상 식당에는 외국인이 많았다.

"이런 집이라면 사람이 몰리지도 않을 테고 말이지."

테이블 위에서 구워 먹는 삼겹살과 쌈이라는 독특한 한국만의 문화를 싫어하는 외국인은 본 적이 없다.

다행히 로미와 세바스찬도 삼겹살에 환호했다.

"테이블에서 직접 바비큐한 고기를 채소에 싸 먹는다. 정말 대단한 발상이에요."

세바스찬의 소감은 조금 달랐다.

"구워 오지 않고 직접 구워 먹는다는 행동은 평민들에게나 어울릴 법한 식습관이지만 솔직히 말해 나쁘지 않아. 눈과 손과 입을 동시에 만족시키는 멋진 방법이긴 해."

두 사람은 열심히 삼겹살을 굽고 쌈을 싸 입에 가져갔다.

김치와 된장찌개에는 강한 거부감을 드러내기도 했지만 전체적으로 식사는 만족스러웠다.

삼겹살과 소주의 만남은 언제나 옳은 법이다.

식사 중에도 대화는 이어졌다.

로미가 말했다.

"이 나라의 풍요로움에는 한계가 없어 보여요. 백화점이라고 했던가요? 그 거대한 건물 가득히 쌓여 있는 물건들, 그 물건들을 입어보며 구입하는 사람들, 또한 수없이 늘어선 식당들, 그 식당들을 가득 채운 음식들과 손님들. 하나같이 즐거워 보여요"

세바스찬의 관점은 또 역시 조금 달랐다.

"한 영지의 영주로서 부끄러워졌어. 백성을 배불리 먹이지 못하는 영주가 무슨 영주이겠어."

무혁은 대답했다.

"빛이 있으면 그늘도 있는 법이야. 화려함을 유지하기 위해서는 그런 화려함을 뒷받침하는 어둠이 자리 잡고 있어. 지구라고 다르지 않아. 지금 이 순간에도 지구에는 굶어 죽는 사람들이 있느니 말야."

"믿어지지 않아. 우리가 남긴 음식은 버려지겠지? 이 음식만으로도 굶는 사람을 살릴 수 있을 텐데."

무혁은 로미에게 질문했다.

"비단 지구만의 문제일까?"

"맞아요. 우리 세상에는 더 많은 문제가 있죠."

로미가 슬픈 표정을 지었다.

"두 사람은 지구가 어떤 세상인지 보고 듣고 경험한 후 돌아가 보고할 임무를 가지고 있어. 지금은 그 임무에 충실하길 바라."

무혁의 말로 식사가 마무리됐다.

일행은 주변 커피전문점으로 자리를 옮겼다.

세바스찬은 커피를 사랑했고 로미는 콜라를 사랑했다.

세바스찬은 케익이 가짜라며 불쾌감을 표시했고 로미는 이렇게 맛있는 케익은 처음 먹어 본다면서 감동했다.

무혁은 귀족인 세바스찬과 평민인 로미의 출신 차이가 만들어낸 결과라고 생각했다.

두 생텀인의 지구에서의 첫날은 캔 맥주와 진리의 후라이드 반, 양념 반 치킨으로 마무리되었다.

　이번에도 반응은 엇갈렸다.

　로미는 맥주보다는 캔에 관심을 가졌고 후라이드 치킨과 절인 무를 좋아했다.

　"한국 음식은 매워서 방심할 수 없어요."

　세바스찬은 맥주가 소 오줌 맛이라고 말했고 양념 치킨에 열광했다.

　"화끈한데? 남자의 맛이야."

　무혁도 일정 부분 세바스찬의 의견에 동의했다.

　대한민국의 맥주는 어떤 이유를 대도 절대로 용납할 수 없는 최악의 맛을 가지고 있다는 게 무혁의 평소 생각이었다.

제7장

이야기

Sanctum

집으로 돌아온 무혁은 로미와 세바스찬이 방으로 들어가
자 니콜과 마주했다.

두 사람은 매일 밤 그날 하루 있었던 일들에 대한 보고서를
요구받은 상태였다.

무혁은 니콜에 감상을 물었다.

"어떻게 생각해?"

"생각보다 놀라지 않던데요?"

"특히 세바스찬이 그러더군. 역시나 귀족이라서인가?"

"우리가 상상할 수 없는 호사스러운 삶을 살았을 테니까요."

"어쨌든 하루가 지났어."

니콜이 대꾸했다.

"이제 하루가 지났을 뿐이죠."

"그래, 이제 시작이야. 앞으로 잘 부탁해."

"저두요."

그렇게 생텀인의 지구 경험 첫날이 지나갔다.

*　　　*　　　*

방으로 돌아온 로미는 옷을 벗고 욕실로 향했다.

니콜이 알려준 대로 수전기 손잡이를 올리자 즉각 물이 쏟아져 내렸다.

로미는 조심스럽게 손을 물줄기에 가져다 댔다.

차가웠다.

손잡이를 살짝 돌리자 물의 온도가 올라갔다.

물줄기에서는 마나의 유동이 느껴지지 않았다.

그렇다고 불의 기운도 없었다.

마치 마법처럼 보이는 이 현상은 번개를 인공적으로 만들고 저장한 전기라는 것이 만들어 냈다고 했다.

지구인들은 전기를 마법처럼 사용했다.

로미는 무릎을 꿇었다.

그리고 두 손을 가슴에 모으고 조용히 기도했다.

"두렵습니다, 여신님."

평생을 고요한 신전에서 살아온 로미는 지구의 답답한 공기와 모래알처럼 많은 사람, 폭죽 수만 개를 한꺼번에 터뜨린 듯 눈부신 불빛이 두려웠다.

"힘을 주세요, 여신님."

마주잡은 손에서 빛이 흘러나와 로미의 몸을 감싸고 사라졌다.

포근했다.

"감사합니다, 여신님."

여신은 언제나처럼 로미의 기도를 들어주었다.

여신의 로미의 기도에 최초로 응답한 것은 그녀가 4살 때였다.

아버지가 비가 새는 낡은 판자 지붕을 고치다 떨어져 크게 다쳤다.

가난한 소작민이었던 부모님은 신관을 찾아갈 금화도, 치료사를 찾아갈 은화도 없었다.

어머니는 가난한 농민들이 으레 그러하듯이 가진 동전을 모두 털어 마을 약초상에게 달려갔다.

약초상은 부러진 뼈에 좋다며 이런저런 약초들을 골라주

었다.

어머니는 약초들을 정성껏 달여 아버지에게 먹였다.

하지만 아버지의 상태는 점점 더 나빠졌다.

부러진 다리와 갈비뼈 부위는 보라색으로 물들었고 온몸이 오크처럼 녹색으로 변했다.

약초상이 골라준 약초에는 독초가 섞여 있었고 아버지는 독초에 중독된 것이었다.

어머니는 영주님의 농지를 관리하는 마름에게 약간의 동전을 융통해 달라 애원했다.

그러나 돌아온 것은 회초리뿐이었다.

이미 마름은 자신의 조카에게 부모님이 소작하던 땅을 넘겨줄 계획을 세워두고 있었다.

아버지의 병세는 나날이 절망적으로 변했다.

어린 로미는 자신이 할 수 있는 일을 하기로 결심했다.

그녀는 부어올라 구부러지지도 않는 아버지의 손을 잡고 간절히 기도했다.

신관이 봤더라면 기절을 했을 만큼 기도 방법도, 형식도, 기도문도 엉망이었지만 로미의 기도는 간절했다.

유리아 여신은 로미의 기도를 들어주었다.

조막만 한 손에서 빛이 나와 아버지의 몸을 감싼 후 사라졌고 아버지는 겨울잠을 자고난 곰처럼 기지개를 켜며 일어났다.

로미가 행한 기적에 대한 소문이 대륙에서 가장 빠른 새라는 북극얼음매새보다 빠르게 세상에 퍼져 나갔다.

그리고 한 달 뒤 신관들이 찾아왔다.

허름한 움막에서 나는 더러운 냄새를 막으려 코를 붙잡은 신관들은 코맹맹이 소리로 로미가 유리아 여신의 종이라고 말했다.

그러므로 앞으로 평생을 여신의 영광을 위해 살아야 한다고도 말했다.

싫었다.

유리아 여신의 위대함은 익히 알고 있었지만, 아버지를 낫게 해주서서 감사하기도 했지만, 부모님을 떠나긴 싫었다.

그때 부모님이 신관들이 건넨 묵직한 주머니를 받아 들고 기뻐하는 모습이 로미의 눈에 들어왔다.

더 이상의 고민은 불필요했다.

부모님의 기쁨은 로미의 기쁨이었다.

로미는 신관들에게 따라가겠다고 말했다.

신전에서의 수련은 고행의 연속이었다.

별빛을 친구 삼아 일어나고 역시 별빛을 친구 삼아 잠드는 생활이 반복되었다.

더욱이 어린 로미를 힘들게 한 것은 10여 명에 달하는 또 다른 차기 성녀 후보생의 존재였다.

대륙 전역에서 모여든 왕족이나 명망가의 자제들인 차기 성녀 후보생들은 가난한 소작농의 자녀에 불과한 로미의 존재를 인정하지 않았다.

경멸은 왕따로 나타났다.

로미는 마치 존재하지 않는 공기처럼 존재 자체가 무시되었다.

그러나 로미는 오히려 그런 상황이 좋았다.

신전에는 배불리 먹을 수 있는 음식과 따뜻한 옷, 비가 새지 않는 지붕이 있었다.

항상 굶주리고, 춥고, 헐벗었던 로미에게는 그 자체가 축복이었다.

무엇보다 로미에게는 유리아 여신이 함께했다.

모습을 볼 수도 신탁을 들을 수도 없었지만 로미는 언제나 유리아 여신의 온기를 느낄 수 있었다.

신전 정원을 가득 채운 아이리스 꽃이 지고 피는 횟수가 더해갈수록 로미의 신성력은 강해졌다.

신전에서 운영하는 치료소를 찾은 순례자들은 광휘에 싸여 환자를 치료하는 로미의 모습에 깊은 인상을 받았다.

한 왕국에 신성력을 사용할 수 있는 신관의 숫자가 불과 서너 명에 불과한 불신의 시대다.

그나마 그런 신관들조차 외상 정도나 고치는 미약한 신성력을 보유했을 뿐이다.

그러나 로미의 신성력은 그들과 궤를 달리했다.

로미는 부러진 다리를 복원시키고 앉은뱅이를 일어나게 했으며 잘린 손가락을 감쪽같이 붙이는 이적을 밥 먹듯이 행했다.

순례자들은 고향으로 돌아가 유리아 여신의 축복을 받은 진짜 성녀 후보생이 등장했음을 기쁜 마음으로 알렸다.

그들의 증언은 음유시인들의 노래 속에 담겨 대륙 전역으로 퍼져 나갔다.

신자들은 환호하며 축복받은 성녀 후보생이 빠른 시일 내에 성녀가 되기를 기도했다.

신도들의 기도는 유리아 여신에게 전해지지 않았다.

오히려 로미의 높아진 명성이 지금까지 그녀를 무시하고 있던 다른 성녀 후보생들의 질투를 낳는 결과를 가져왔다.

성녀 후보생들은 차기 성녀가 되어 가문의 영광을 높이기 위해서라면 무엇이든 할 준비가 되어 있었다.

누군가 로미가 신전의 정원사와 정분이 있었다는 밀고를

했다.

로미의 방에서 다른 성녀 후보생의 보석 목걸이가 발견되기도 했다.

급기야 배덕의 죄까지 씌워졌다.

그때마다 로미는 유리아 여신의 가호로 누명에서 벗어났다.

그럴수록 공격은 도를 더해갔다.

난간에 앉아 독서를 하고 있던 로미를 누군가 밀어 떨어뜨렸다.

아침 식사로 나온 스프에 독이 타져 있기도 했다.

급기야 암살자의 습격까지 벌어졌다.

그렇게 위태로운 하루하루가 지나갔다.

그래도 시간은 흘렀다.

로미가 20세가 되던 해, 유난히 날씨가 좋았던 어느 봄날, 성녀가 로미를 불렀다.

성녀는 로미가 해야 할 임무가 있고 그 임무는 유리아 여신의 영광을 더욱 빛나게 하는 성사라고 말했다.

"너의 고향인 라스토니아 왕국과 인접한 랭던 왕국에 세상을 엄청난 혼란에 빠뜨릴 집단이 나타났다는 신탁이 있었다. 너는 랭던 왕국으로 가 그들의 정체를 파악하라. 그리고 그들이 악이면 멸하고, 아니면 여신의 품에 안기게 하라."

로미는 자신의 모든 것을 바쳐 임무를 완수하겠다고 대답했다.

성녀는 유리아 여신의 영광을 수호하는 여섯 성기사단 중 에메랄드 성기사단을 로미의 호위로 붙여주었다.

랭던 왕국은 대륙의 동쪽 끝이라고 불리는 블랙 포레스트와 경계를 마주한 변방 중의 변방국으로 유리아 여신의 신전이 자리 잡은 유리아단테 교국과는 마차로도 꼬박 1년이 걸릴 만큼 먼 나라였다.

그런 사실은 로미에게 아무런 문제가 되지 않았다.

그저 다른 성녀 후보생들의 암투에서 벗어나 답답한 신전을 빠져나왔다는 사실이 홀가분할 뿐이었다.

그러나 그것은 섣부른 판단이었다.

유리아단테 교국의 국경을 벗어나자마자 산적으로 보이는 일단의 무리가 지속적으로 행렬을 습격해 왔다.

비밀 유지를 위해 성기사단 자체가 상단으로 위장한 터라 벌어진 일이라고 생각한 로미는 전혀 걱정하지 않았다.

유리아 여신의 가호를 받는 성기사단의 전력은 일개 산적 집단이 어떻게 할 수 있는 수준이 아니었다.

그런데 결코 일어나서는 안 될 참사가 벌어졌다.

첫 번째 습격에서 에메랄드 성기사단의 반수가 전멸했다.

두 번째 습격에서 나머지 성기사단이 몰살당했다.

두 번째의 습격에서 로미가 살아남을 수 있었던 이유는 때마침 현장을 지나가던 세바스찬 덕분이었다.

세바스찬은 탁월한 검술 솜씨와 임기응변으로 로미를 사지에서 구해냈다.

3일 밤낮을 추격해 오는 산적 집단으로부터 구사일생으로 도망친 후 세바스찬에 대한 믿음이 생긴 로미는 자신의 신분과 사정을 털어놓았다.

이야기를 듣고 난 세바스찬은 로미를 안쓰럽다는 듯 바라보며 이렇게 말했다.

"당신을 죽이려던 작자들은 성녀 후보생들의 본가에서 보낸 이가 분명합니다. 모르긴 몰라도 성녀도 관련이 있겠죠. 이름 높은 에메랄드 성기사단 치고는 너무 쉽게 무너졌으니까요. 아마도 하급 용병들로 숫자만 채워둔 가짜 성기사단이었을 겁니다."

세바스찬은 덧붙였다.

"신분을 숨긴 후 숨어사는 것을 추천합니다. 이 상황에서 신전으로 돌아가 봤자 개죽음을 당할 뿐이니까요."

로미는 고개를 저었다.

"성녀님의 명령은 유리아 여신님의 말씀과 같아요. 전 랭던 왕국으로 가야 해요."

"흥! 아버지의 힘으로 성녀가 된 늙은 마녀의 말이 여신님의 말씀과 같다구요? 순진하시군요."

성녀는 현 대륙 최강국인 데카톤 제국 황제의 여동생이다.

그녀의 아버지인 전 황제가 자신의 영향력 확장을 위해 딸을 성녀로 만들었다는 사실을 모르는 사람은 거의 없다.

바로 그 드문 사람 중 한 명이 로미였다.

"무례하군요. 성녀님에 대한 불경을 갚을 길은 죽음밖에 없어요. 하지만 저를 구해주신 공을 생각해서 이번만은 눈감아 드리죠. 대신 절 랭던 왕국까지 호위해 주세요."

"……."

말도 안 되는 부탁이지만 놀랍게도 세바스찬은 승낙했다.

"그럼 그럽시다. 나도 그 집단이 궁금하기도 하고."

그렇게 기묘한 두 사람의 여행이 시작되었다.

두 사람은 수십 번이나 죽을 고비를 넘기고서야 랭던 왕국에 도착했다.

여행 중 두 사람의 관계도 변했다.

로미는 세바스찬을 오빠라고 부르기 시작했고 세바스찬은 로미의 강력한 주장에 의해 반말을 사용하기 시작했다.

조심스러운 탐문을 시작한 두 사람은 랭던 왕국에서도 가장 동쪽 영지인 도멜 백작령에 검은 옷을 입은 사람들이 출몰한다는 소문을 듣게 되었다.

도멜 백작령은 랭던 왕국과는 깎아지른 절벽에 쇠기둥을 박아 설치한 잔교를 통해서만 왕래가 가능한 육지 속의 섬과 같은 영지였다.

그런데 공교롭게도 1년 전 잔교가 불에 타 사라져 도멜 백작령에 들어갈 방법이 없었다.

"어떻게 하죠?"

"방법이 있어."

세바스찬은 잔교를 통하지 않고도 도멜 백작령에 들어갈 수 있는 길을 알고 있다고 말했다.

그리고 사실은 자신이 도멜 백작령 출신이라고 덧붙였다.

"14년 만의 귀향이야."

"부모님은요?"

"1년 전 돌아가셨다는 소식을 들었어."

"그래서 집으로 돌아가시는 중이군요."

"그렇다고 할 수 있지."

산양 한 마리도 지나지 못할 험준한 산길을 통과한 두 사람은 도멜 백작령에 들어섰다.

백작령에 들어선 두 사람은 할 말을 잊어버렸다.

너무나 기묘하고 생소한 풍경이 눈앞에 펼쳐져서다.

말도 소도 달지 않는 쇠 마차가 거리를 질주했다.

주민들은 쇠 마차를 자동차라고 불렀다.

　"자동차를 모르는 걸 보니 이 고장 사람이 아닌가 봐? 저 자동차는 멀리 검은 숲에서 온 사람들이 영주님에게 진상한 물건이라네. 엄청난 마법사가 만들었음이 분명하지."

　그러나 로미가 보기에 자동차는 절대로 마법물품이 아니었다.

　자동차의 움직임에는 그 어떤 마나의 흐름도 느껴지지 않았다.

　놀라움은 자동차로 그치지 않았다.

　주민들은 저마다 자전거라는 탈것을 사용했다.

　자전거의 속도는 말보다 느렸지만 먹이를 주지 않아도 된다는 결정적인 이점이 있었고 속도도 꽤 빨랐다.

　아마도 집집마다 한 대씩은 자전거가 있는 것 같았다.

　그만큼 대로를 달리는 자전거의 숫자는 많았다.

　밤이 되자 로미와 세바스찬은 기겁할 만큼 놀랐다.

　백작성과 대로가 대낮처럼 밝아졌기 때문이다.

　빛의 정체는 쇠기둥에 달려 있는 유리구였다. 유리구는 신전 천장에 매달려 있는 마법등보다 수십 배는 더 밝았다.

　"마법등은 아니에요."

　"나도 동의해. 마나가 한 줌도 느껴지지 않아."

　로미는 이 문물들의 뒤에 예의 집단이 존재하고 있다는 사실을 직감했다.

조사를 거듭할수록 놀라운 사실이 밝혀졌다.

이야기는 백작의 후계자이자 세바스찬의 동생인 데오도르 폰 도멜로부터 시작되었다.

데오도르는 선천적으로 조금만 운동을 해도 숨이 가빠지는 병을 앓고 있었다. 영지를 물려받을 데오도르가 이 지경이니 걱정이 이만저만하지 않던 백작은 할 수 있는 모든 방법을 동원해 아들을 치료했다.

그러나 백약이 무효였고 데오도르의 병세는 호전되기는커녕 점점 더 악화될 뿐이었다.

백작은 최후의 방법으로 영지의 궁핍한 재정을 털어 수도에서 최고위 신관을 모셔 왔다.

그러나 호화로운 마차를 타고 온 신관은 오크 발톱의 때만큼의 신성력도 가지고 있지 않았다.

절망한 백작 앞에 블랙 포레스트 저편에서 왔다는 사람들이 나타났다.

스스로를 포레스트인이라고 소개한 그들은 백작에게 자신들이 데오도르의 지병을 고칠 수 있다고 장담했다.

유리아 여신에게 버림받은 아들이라 여기며 절반쯤은 포기하고 있었던 백작은 그들에게 데오도르를 맡겼다.

데오도르를 데리고 블랙 포레스트로 돌아간 포레스트인들

은 한 달 뒤 돌아왔다.

놀랍게도 데오도르의 병은 완치되어 있었다.

가슴에 상처 자국이 남았지만 그 정도는 얼마든지 감내할 수 있었다.

백작은 포레스트인들에게 보답하고 싶었다.

포레스트인들은 감사를 표하면서 교역을 제안했다.

지리적인 여건 덕에 궁핍한 제정을 유지하고 있던 백작은 난색을 표했다.

필요한 물건은 많았지만 팔 물건이 없었다.

포레스트인들은 백작에게 단지 백작령에 자유롭게 드나들 수 있는 권리만을 원한다고 말했다.

그리고 수확이 4배나 된다는 밀 종자를 제공했다.

농작물의 병충해를 막아준다는 가루도 함께 주었다.

밀 종자와 가루는 마법 같은 효력을 발휘했다.

단 1년 만에 역사상 처음으로 도멜 백작령의 식량자급률이 100퍼센트를 넘어 200퍼센트에 육박했다.

포레스트인들은 남은 밀들을 사겠다고 말했다.

그리고 그 대가로 각종 신기하고 맛있는 과일의 묘목과 10배나 많은 우유를 생산하는 젖소와 기존에 농부들이 키우던 돼지보다 4배는 더 크게 성장하는 돼지를 제공해 주었다.

이렇게 되자 도멜 영지도 팔 것이 생겼다.

소비하고 남은 밀과 과일과 우유와 고기는 포레스트인들이 구입했다.

다시 포레스트인들은 그 대가로 자전거라는 운송 수단을 싼 가격에 공급해 주었고 백작과 그 가신들에게는 자동차를 팔았다.

억지스럽지만 양측의 교역이 성립된 것이다.

교역량이 늘어나자 포레스트인들은 성 밖 공터에 5층짜리 거대한 건물을 건설했다.

백화점이라고 이름 지어진 그 건물은 포레스트인들이 생산한 물품을 파는 상점이었다. 백화점의 물건 중 주민들이 가장 열광한 품목은 단연 의약품이었다.

포레스트인들이 파는 약들은 치료사의 약초는 물론 신관들의 축복보다도 효과가 있었다.

게다가 가격도 터무니없이 쌌다.

주민들은 포레스트인들을 신의 사자쯤으로 여겼다.

—그들이 악이면 멸하라.

성녀는 로미에게 그렇게 명령했다.

로미는 포레스트인들이 악이라고 생각할 수 없었다.

1년에 걸친 여행 도중 부모님처럼 가난한 사람들이 병과 굶주림에 시달리며 고통받는 현실을 두 눈으로 똑똑히 목격한 로미다.

　그러나 이곳 도멜 백작령만은 달랐다.

　주민들은 병과 굶주림에서 자유로웠다.

　뛰어다니는 아이들은 살이 올라 통통했고 까르르 웃는 얼굴은 밝고 생기가 넘쳤다.

　조사를 마치고 마음을 굳힌 로미는 신관 복장을 갖춰 입은 후 백화점으로 향했다.

　백화점은 너 나 할 것 없이 손에 비단같이 얇은 검은 봉지를 들고 있는 주민들로 인산인해를 이루고 있었다.

　로미가 다가가자 그녀를 발견한 주민들이 길을 비키며 허리를 조아렸다.

　애초에 신관은 평민들이 쉽게 볼 수 있는 대상이 아니었다.

　더군다나 주신이자 생명의 여신인 유리아 여신의 신관은 더더욱 그랬다.

　로미가 다가가자 백화점 앞에 서 있던 검은 옷을 입고 검고 반짝이는 눈가리개를 쓴 남자가 다가왔다. 남자의 손에는 정교한 세공이 돋보이는 검은 막대기가 들려 있었다.

　검은 옷과 발목까지 올라오는 검은 부츠, 그리고 선글라스라는 눈가리개는 포레스트인들의 상징이나 다름없다고 했다.

로미는 남자에게 말했다.

"그대들의 우두머리를 만나고 싶어요."

"당신은 누구십니까?"

남자가 어색한 대륙공용어로 되물었다.

로미는 잠시 숨을 고른 후 말했다.

"나는 유리아 여신의 종, 로미라고 합니다."

말이 끝남과 동시에 로미의 몸은 눈부신 광채에 휩싸였다.

누군가가 떨리는 목소리로 말했다.

"유리아 여신님께 축복받은 성녀 후보생의 이야기를 들은 적이 있어."

그의 말은 신호였다.

주민들은 일제히 무릎을 꿇고 머리를 땅에 부딪치며 로미에게 경의를 표했다.

그 모습을 본 포레스트인이 황급히 백화점 안으로 뛰어 들어갔다.

'내 선택이 옳기를…… 여신님, 저를 보살펴 주세요.'

로미의 기원에 보답이라도 하는 것처럼 그녀의 광채는 더욱더 밝아졌다.

　　　　　*　　　　*　　　　*

　세바스찬은 소주병을 흔든 다음 병의 아래쪽을 팔꿈치로
툭 친 후 마개를 열었다.

　피식!

　바람 빠지는 소리가 입맛을 돋우었다.

　병 주둥아리를 입에 대고 몇 모금 들이켰다.

　알싸한 액체가 목젖을 자극하며 넘어갔다.

　꿀꺽, 꿀꺽.

　"캬~"

　솔직히 말해 소주는 술이라기보다는 구정물에 가까웠다.
그러나 선택의 여지가 없었다. 자연스럽게 랭던 왕국 최고의
명주인 '푸른산맥이슬'이 생각났다.

　"하지만……."

　이 소주 한 병 가격은 슈퍼라고 부르는 잡화상에서 1,000원
정도라고 했다.

　지구와 생텀의 금 시세로 대략 비교해 보면 동전 1개면 소
주 한 병을 살 수 있다는 계산이다.

　동전 한 개면 거친 보리빵 한 개를 살 수 있다.

　즉, 소주는 누구나 살 수 있는 서민들의 술이란 이야기다.

세바스찬은 금세 바닥을 보인 소주병을 응시했다.

"어떻게 되어먹은 세상이냐."

이렇게 싼 소주를 담은 유리병 하나의 가치는 최소한 은화 한 개다. 똥을 금 그릇에 담은 격이다.

지구의 모든 것이 이런 식이다.

어마어마한 숫자의 자동차, 유리병, 옷, 음식들…….

세바스찬은 오른손 손날로 소주병의 중간을 살짝 쳤다.

툭!

소주병이 둘로 나뉘며 멋진 유리컵이 만들어졌다.

"데오도르가 좋아하겠네."

데오도르는 세바스찬의 하나뿐인 동생이자 현 도멜 백작의 이름이었다.

주로 국경지역에 존재하는 변경백이란 그 지역에서 왕이나 다름없는 자치권을 인정받는 지역의 패자다.

적과 국경을 마주하는 변경백의 특성상 군사력을 유지하기 위한 경제력도 뛰어나다.

그러나 도멜 백작령은 변경백이면서도 랭던 왕국에서 손꼽히는 가난한 영지였다.

영지가 가난한 이유는 블랙 포레스트(검은 숲) 때문이다.

블랙 포레스트는 대륙 동쪽 끝, 랭던 왕국의 동쪽 끝, 도멜 백작령의 동쪽 끝에서 동쪽으로 끝없이 펼쳐진 원시림을 말한다.

블랙 포레스트는 단순한 원시림이 아니다.

이곳은 수없이 많은 몬스터의 터전이고 태고로부터 인간의 손길을 거부해 온 절지였다.

이런 몬스터의 왕국과 경계를 마주한 도멜 백작령의 운명은 가혹했다.

도멜 백작령 사람들에게는 몬스터와 생존을 걸고 벌이는 혈투가 일상이었다.

상황이 이러하니 영지가 제대로 발전할 수 있을 턱이 없다.

세바스찬 폰 도멜은 이런 영지를 다스리는 알프레드 폰 도멜 백작의 장남으로 태어났다.

걸음마를 뗀 순간부터 검을 배웠고 탁월한 소질이 있음을 증명했다.

세바스찬은 영지 전체의 희망을 등에 지고 14살의 어린 나이로 왕립 기사아카데미로 유학을 떠났다.

그런 기대가 오히려 독이 됐다.

세바스찬은 암울한 영지의 미래를 책임져야 한다는 의무감을 이겨내지 못했다.

그는 17세 되던 해 왕립 기사 아카데미를 무단이탈하여 방

랑길에 나섰다.

세월은 쏜살같이 흘러 10년이 지나갔다.

어느 날, 세바스찬은 랭던 왕국 출신의 상인을 만났다. 세
바스찬은 그 상인에게서 아버지 알프레드 폰 도멜 백작이 죽
었다는 사실을 들었다.

"제기랄……."

세바스찬은 소주병을 잘라 만든 유리컵을 쓰레기통에 던
져 버렸다.

도무지 재질을 알 수 없는 쓰레기통은 그 자체로도 억만금
의 가치가 있어 보였다.

술이 부족했다.

세바스찬은 소주를 다시 한 병 꺼내 들었다.

"써… 너무 써."

세바스찬은 로미와 헤어진 후 백작성으로 향했다.

데오도르 폰 도멜 백작은 굳이 불편함을 감추려 하지 않았
다.

이해하지 못할 일도 아니다.

사라져 죽은 걸로 알고 있던 세바스찬의 등장은 백작위의
정통성 문제를 불러 올 수도 있었다.

껄끄러운 시간이 흘러갔다.

이런 상황을 견디기 힘들었던 세바스찬은 백작령을 떠나

기로 마음먹었다.

저지른 짓이 있으니 권리를 주장할 수도 없었고 주장하고
싶은 생각도 없었다.

게다가 동생은 암울했던 영지를 살기 좋은 영지로 만든 당
사자였다.

그때 로미가 찾아왔다.

로미는 세바스찬에게 포레스트인들은 지구에서 온 이계인
이라고 말했다.

그리고 자신은 이계로 갈 것이며 세바스찬이 호위기사가
되어줬으면 한다고 부탁했다.

세바스찬은 로미의 제안을 받아들였다.

로미의 수행기사로 포레스트인의 세상으로 가겠다는 이야
기를 들은 데오도르 백작은 자신의 편협함을 후회했다.

그리고 세바스찬에게 남작위와 함께 작센 영지를 내려주
었다.

"형님, 꼭 무사히 돌아와 저와 함께 도멜 영지를 왕국에서,
아니, 대륙에서 가장 살기 좋은 영지로 만듭시다."

"명을 받듭니다, 백작 각하."

세바스찬은 마지막 순간까지 동생이자 주군인 데오도르
백작에 대한 예를 잃지 않았다. 그는 그런 남자였다.

＊　　　＊　　　＊

방으로 돌아온 니콜은 노트북을 꺼내 전원을 넣었다.

노트북 화면에 무혁과 로미와 세바스찬의 방이 보였다.

로미는 백색빛에 휩싸여 기도를 하고 있었다.

"언제 봐도 신기하단 말이야."

세바스찬은 3병째의 소주를 따고 있었다.

"난 소주가 싫던데……."

무혁은 침대에서 코를 골고 있었다.

"속 편한 남자네. 하긴……."

평범한 일반인에 지나지 않는 무혁이 로미와 세바스찬의 존재가 가지는 의미를 제대로 파악했을 리 없다.

보고서를 송부한 후 와인 한 잔과 함께 하루를 마무리하기로 한 니콜은 옷을 벗다 말고 노트북에 코를 박았다.

로미가 무혁의 방으로 들어서고 있었다.

"……."

로미는 잠자는 무혁을 잠시 지켜보더니 그의 이마에 손을 댔다.

잠시 후, 로미의 손에서 시작된 광채가 로미와 무혁을 휘감았다.

빛은 10분 정도 지속되다 사라졌다.

빛이 사라지자 로미는 조심스럽게 방을 빠져나갔다.

"무슨 짓을 한 거지?"

아무리 생각해도 로미의 행동을 이해하기 힘들었다.

니콜은 고개를 절레절레 저으며 이미 작성했던 보고서를 지우고 다시 새 보고서를 작성했다.

제8장

변화

Sanctum

꿀맛 같은 새벽 단잠에 빠져 있던 무혁을 깨운 것은 세바스
찬이었다.

"형, 일어나."

"꼭두새벽부터 무슨 일이야. 이제 겨우 5시라구."

"운동하자. 하루라도 단련을 빼먹을 순 없잖아."

"어제 헬스 기구 사용하는 법 알려줬잖아."

"집안에서 다람쥐 쳇바퀴 돌듯 제자리에서 뛰는 게 무슨
운동이 돼. 난 직접 뛰는 게 좋아."

"아~ 귀찮아."

"형!"

"알았어, 알았어."

만난 지 겨우 하루 만에 세바스찬은 무혁을 친형처럼 편하게 대했다.

'뭐, 나쁠 건 없겠지.'

얼마의 기간이 될지 모르지만 함께 생활하는 이상 편한 것이 좋은 것이다.

결국 무혁은 몸을 일으켰다.

"음?"

"왜?"

"아… 아냐."

어제 하루는 길었다.

로미와 세바스찬 덕분에 꽤나 신경을 썼고 밤에는 술도 많이 마셨다. 그러나 무리한 것치고는 지나치게 몸이 가뿐했다.

'그동안 운동한 보람이 나오는 건가?'

생팀 코리아 입사가 정해진 후 나름 많은 준비를 했다. 그 중에는 신문사에 입사한 후 놓아버렸던 운동도 있었다.

집을 나서며 무혁은 세바스찬에게 다시 한 번 당부했다.

"절대로 네 능력을 보이면 안 된다."

"걱정 마. 어차피 마나를 사용하면 단련이 안 된다고."

운동을 위해 나온 한강변은 새벽임에도 불구하고 조깅을

하거나 자전거를 타는 많은 사람으로 북적이고 있었다.

"여긴 천국이야."

세바스찬의 시선은 레깅스 차림으로 조깅을 하는 젊은 아가씨들에게 고정되어 있었다.

"너 남작이라며? 정말 맞냐?"

"왜?"

"남작치고 심하게 여자를 밝히는 경향이 있다."

"국왕 폐하의 옥쇄가 찍힌 작위증 보여줘?"

"가져왔냐?"

"당연하지."

"됐다 그래라. 뛰자."

무혁은 간단하게 스트레칭을 한 후 달리기 시작했다.

신선한 공기가 폐부를 가득 채운 후 세포에 스며들었다.

'평소와 달라! 새벽 공기가 이렇게 신선했던가?'

며칠 전 한차례 비가 내렸던지라 평소 탁했던 서울의 공기가 맑아지기는 했지만 오늘은 확실히 특별했다.

신선한 공기 덕분인지 몸도 날아갈 듯 상쾌했다.

무혁은 조금 더 속도를 내기로 했다.

숨이 전혀 가쁘지 않았다.

마치 산소호흡기라도 쓰고 달리는 것 같은 가뿐함이다.

"헉! 헉! 헉! 혀… 형."

무혁과 달리 세바스찬은 히말라야 트레킹이라도 하는 것처럼 헉헉거리며 땀을 비 오듯 쏟아냈다.

"좀… 쉬었다… 가자."

무혁은 땀도 나지 않은 이마를 닦으며 말했다.

"마나를 사용하지 않을 때는 일반인과 다름이 없구나?"

"크~ 아냐."

세바스찬은 손목을 내밀며 툴툴거렸다.

"이 팔찌 때문이라구."

팔찌는 무혁이 지급받은 OPB—제식명은 ghf—5376이었지만 무혁은 판타지 소설에 등장한 오거 파워 건틀릿에서 따온 OPB(Ogre power bracelet)라고 불렀다—와 흡사한 은색 금속으로 만들어져 있었다.

다만 밋밋한 모양이었던 OPB와 달리 세밀한 세공이 달랐다.

"그 팔찌 힘을 강하게 해주는 거지?"

"크~ 아냐. 이 팔찌는 몸에 부담을 주는 마법이 걸려 있는 아티팩트라구."

"부담?"

"차봐."

무혁은 세바스찬이 넘겨준 팔찌를 손목에 찼다.

"끄으으윽!"

심해 잠수를 했을 때 느껴지는 압력의 10배 이상의 압력이 온몸을 짓눌러 내렸다. 무혁은 땅바닥에 껌딱지처럼 달라붙어 버렸다.

"컥, 컥!"

"크크크크, 거봐!"

세바스찬이 팔찌를 풀어주지 않았다면 무혁은 지구 최초로 공기에 압사당한 인간이 될 뻔했다.

"휴~ 살았다. 그런데 넌 마나도 사용하지 않는다면서 어떻게 이 부담을 견디는 거냐?"

"의식적으로 마나를 사용하지 않더라도 마나 수련을 거듭하다 보면 뼈와 근육에 마나가 깃들어 상상 이상으로 강해지거든."

일종의 운동선수가 사용하는 납주머니나 모래주머니 용도다. 다른 점은 특정 부위에 부담을 주는 납주머니와 달리 이 팔찌는 몸 전체에 부담을 준다.

"지워지는 중량을 조절할 수는 없나?"

"당연히 있지. 처음부터 내가 사용하는 중량을 짊어지고 단련할 수는 없으니까."

"하나 더 있냐?"

"있긴 있는데 왜? 직접 차게?"

세바스찬은 팔찌를 내밀며 쉽게 승낙했다.

"형은 마나가 없으니까 중량을 조절할 수 없어. 내가 조절해 줄게. 일단 성인 남자 한 명 정도의 무게로 시작할까?"

"누굴 죽이려고……. 아이 무게로 하자."

"그러든지."

팔찌를 차고 세바스찬이 무게를 조정하자 묵직한 중량이 느껴졌다.

"견딜 만한데? 조금 더 올려보자."

"마음대로 해."

성인 한 명의 부담을 짊어졌지만 여전히 버틸 만했다.

'내가 이렇게 힘이 셌었던가? 아냐, 중량이 온몸에 골고루 작용한 까닭일 거야.'

온몸이 끈적끈적한 액체 속에서 움직이는 기분이었지만 확실히 운동은 더 되는 것 같았다.

다만 1㎞도 달리지 못하고 퍼져 버려 문제였긴 했지만 말이다.

세바스찬에게 업히다시피 해 집으로 돌아온 무혁을 기다리고 있는 것은 니콜이 준비한 아침 식사였다.

간단한 토스트와 베이컨과 계란으로 이뤄진 아침 식사는 상상하는 딱 그 정도의 맛을 가지고 있었다.

식사를 마친 무혁은 오늘 일정을 설명했다.

"오늘은 서울의 주요 관광지를 돌아볼 거야. 주로 고궁이 되겠지."

"그런데 괜찮겠어요? 아주 반쯤 죽어서 들어오던데……."

"응? 그러고 보니……."

무혁은 몸을 움직여 보았다.

조금 전까지 끊어지듯 아프던 근육과 관절들이 가뿐했다.

"멀쩡하네. 내가 한 체력하거든."

무혁이 손을 휘휘 돌리며 큰소리쳤다.

그 바람에 니콜이 고개를 갸우뚱하며 로미를 바라보는 모습을 놓치고 말았다.

하루하루가 빠르게 지나갔다.

먼저 일행은 고궁을 비롯해 국회를 비롯한 관공서, 박물관들과 각종 종교 시설들을 둘러보았다.

무혁은 로미가 지구의 종교에 대해 어떤 반응을 보일지가 궁금했다.

로미는 생텀이 다신교이라서인지 종교의 다양성에 대해서는 별말이 없었다.

다만 기독교와 이슬람교가 유일신교라는 사실에 놀라 했다.

"어떻게 유일신을 믿을 수 있죠? 삶과 죽음의 속성은 너무

달라 아무리 신이라고 해도 양립시킬 수 없어요."

"종교적인 건 잘 몰라. 난 무신론자거든."

"신의 존재를 부정하는 건가요? 정말 이해하기 힘들군요."

"생텀은 어쩔지 몰라도 대한민국에는 종교의 자유가 있거든. 그 종교의 자유 속에는 어떤 신이라도 믿을 권리가 있지만 신을 믿지 않을 권리도 포함돼."

"……"

로미는 이해되지 않는 눈치였지만 더 이상 묻지 않았다. 아니, 그 대화 이후 종교에 대한 언급을 전혀 하지 않았다.

세바스찬이 열광한 장소는 용산 전쟁박물관이었다.

"놀라워. 정말 대단해."

전시물을 보호하는 유리에 얼굴을 처박은 세바스찬의 모습은 놀이동산에 놀러 온 초등학생처럼 보였다.

"지구의 전쟁 양상이 획기적으로 변모한 시점은 화약의 발명이었어. 아~ 우리 영지에서도 화약을 만들 수 있다면…… 하지만 헛된 희망이겠지? 화약의 제조법은 기밀 중에서도 최고 기밀일 테니까."

"아냐. 나도 아는걸?"

"뭐? 놀리지 마. 그런 기밀을 형이 알 리가……"

"초석, 유황, 목탄의 비율이 각각 74, 9, 17이야."

"……"

"그러나 생텀에서는 몰라도 지구에서는 아무짝에도 쓸모 없는 지식이야. 내가 알고 있는 화약의 조성비는 이미 폐기되 었으니까?"

"왜지?"

"직접 두 눈으로 확인할래? 로미, 괜찮겠어? 조금 멀리 여 행할 거야."

"상관없어요. 저도 보고 싶어요."

니콜도 별 이의 없이 동의했다.

어차피 로미와 세바스찬의 지구 여행에 대한 스케줄 결정 이 무혁의 업무였다.

무혁은 로미와 세바스찬을 울산으로 데려갔다.

영문도 모르고 울산까지 내려가 끝없이 늘어선 화학 플랜 트를 본 두 사람은 말을 잇지 못했다.

세바스찬이 겨우 입을 열었다.

"어디에 쓰는지 기계인지는 몰라도 대단하단 건 알겠어."

"저 플랜트에서 네가 사용하는 비누와 샴푸의 원료와 땅을 비옥하게 하는 비료와 내가 말했던 화약보다 수십 배 강력한 폭약이 만들어져. 1년 365일 하루도 쉬지 않고 24시간 동안 말이야."

세바스찬이 화학공장을 둘러싼 철조망을 가리키며 말했다.

"여기가 국가 기밀이겠군."

"보호시설이긴 하지만 기밀까지는 아니야. 대학에서 화학
만 공부하면, 아니, 인터넷만 뒤져 봐도 어떻게 그런 제품이
만들어지는지 모두 알 수 있거든."

"폭약을 만드는 제조비법을 누구나 알 수 있으면 위험하지
않나?"

"이 공장의 규모를 생각해."

"아~ 누구나 만들 수는 있지만 대량으로 만들 순 없겠
네."

"맞아. 지구는 대량생산의 사회야. 장인이 정성을 기울여
만드는 제품은 극소수의 명품들뿐이야."

무혁은 미리 견학을 신청해 두었던 현대자동차 공장으로
두 사람을 안내했다. 그다음 순서는 포항 제철소였다.

"대장간에서 뚝딱뚝딱 만드는 칼 따위는 100년도 전에 사
라졌어."

"……"

"……"

무혁은 잠자코 로미와 세바스찬을 바라보았다.

끝없이 흘러나오는 철물. 그 철물이 삽시간에 철판으로 변
하고 다시 그 철판이 자동차로 만들어진다.

이미 과정을 알고 있는 무혁이 봐도 경이로운 장면이다.

그러니 로미와 세바스찬이 받았을 충격이 얼마일지 상상
도 되지 않는다.

무혁은 타이르듯 말했다.

"난 두 사람이 지구에서 배워야 할 건 어떤 물건을 만드는
기술이 아니라 지구인들의 사고방식이라고 생각해. 그러기
위해서는 많은 경험을 하는 수밖에 없어. 내가 할 일은 두 사
람의 경험을 보좌해 주는 일이고……."

"…잘 부탁해요, 오빠."

"나도… 형."

무혁은 니콜도 바라보며 말했다.

"니콜은 우리를 지켜야지. 잘 부탁해."

니콜이 무표정하게 고개를 까닥이며 대꾸했다.

"봐서요."

"크크크크크크."

"호호호호호."

서양 여성에게 동양 남자의 위치는 개와 고양이 사이 어디
쯤이란 말이 있다.

니콜이 보는 무혁의 위치도 그 정도였다.

그러나 니콜은 무혁에 대한 평가를 대폭 수정해야 할 필요
성을 느꼈다.

'뭔가 있어. 콕 집어 설명하긴 힘들지만 확실히 뭔가 있어.

혹시?

니콜은 매일 밤 로미가 무혁의 방에 잠입해 빛에 휩싸이는 모습을 봐왔다.

'혹시 로미의 신이 무혁에게 축복을 내려주고 있는 건 아닐까?'

니콜의 예상은 반은 맞고 반은 틀렸다.

분명 로미는 잠든 무혁에게 하루도 빠짐없이 축복을 내리고 있었다.

하지만 유리아 여신의 축복이라도 인간을 현명하게 만들수는 없다.

즉, 무혁은 원래 현명한 남자였다.

울산과 포항 여행은 로미와 세바스찬을 변모시켰다.

우선 로미와 세바스찬은 여행 횟수를 줄여달라고 요청해왔다.

그리고는 로미는 남산 도서관에서 대부분의 시간을 보냈다.

그녀는 미칠 듯 지루해하는 니콜에게 미안해하면서도 남산 도서관의 모든 책을 읽을 기세로 독서에 열중했다.

로미가 주로 관심 있어 하는 분야는 역사였다.

세바스찬은 하루 종일 서울 거리를 걸었다.

그는 지구인의 생활 속 깊숙이 들어가고 싶어 하는 것 같았다.

다만 그 방법이 조금 이상해서 문제였다.

"안 돼!"

무혁은 단호하게 고개를 저었다.

"안 돼! 절대로 안 돼!"

"그래도……."

세바스찬이 한껏 불쌍한 표정을 지었다.

"그래도는 무슨 그래도야. 말이 돼? 여자친구를 사귀겠다니……."

"아무래도 지구에 대해 가장 빨리 잘 알려면 그 방법이……."

"나중에는? 넌 생팀으로 돌아가야 하잖아."

"지구인들도 엔조이하잖아."

"어디서 못된 것만 배워서는. 절대로 안 돼."

"혹시……."

"뭐가 혹시야."

"질투하는 거야?"

무혁은 하마터면 사레가 들릴 뻔했다.

왜 이야기가 그런 방향으로 흐른단 말인가.

"내가 인기 많고 형은 인기가 없으니까 질투하는 거지?"

"……."

무혁은 진심으로 화를 냈다.

하지만 세바스찬의 고집도 그가 잘 쓰는 표현을 빌자면 오거 심줄만큼이나 질겼다.

결국 무혁은 로미를 이용해야 했다.

사정 이야기를 들은 로미는 단호하게 말했다.

"안 돼요. 절대로 안 돼요."

"그래도……."

"만일 그런 일이 벌어진다면 유리아 여신님께 맹세코 세바스찬 남작님을 생텀으로 돌려보내겠어요."

평소 사용하지 않던 남작이란 칭호를 곁들인 로미의 협박은 극적인 결과를 만들어냈다.

말이 끝나기가 무섭게 세바스찬은 자세를 바로 하며 다짐했다.

"절대로 그런 일은 없을 겁니다. 저도 유리아 여신님께 맹세합니다."

"좋아요."

로미가 사라지자 세바스찬은 땅이 꺼져라 한숨을 쉬었다.

"로미가 무섭긴 무섭구나?"

"그런 게 아니야. 신관의 맹세가 무서운 거지. 신께 하는 맹세의 보증은 생명이야."

"맹세를 어기면 로미가 죽는다는 말이야?"

"맞아."

무혁은 유리아 여신이란 신이 마음에 들기 시작했다.

'지구의 종교 지도자들이 이 사실을 알면 기겁을 하겠군.'

어쨌든 세바스찬은 여자친구 만들기를 포기했다.

대신 로미를 따라 도서관에 처박혔다.

그가 심취한 분야는 정치 분야였다.

그렇다고 세바스찬이 지구의 즐거움을 포기한 것은 아니었다.

세바스찬은 무혁이 예상하지 못한 방법으로 사고를 치곤했다.

 * * *

올리비아는 무혁에게 하루에 한 번 일정에 대한 보고서를, 일주일에 한 번 세부 내용이 담긴 보고서를 요구했다.

보고서라고 해봤자 대부분 일주일 동안 무슨 음식을 먹었고 무슨 영화를 봤고 로미와 세바스찬이 어떤 반응을 보였는지에 대한 내용으로 채워진 일지 차원의 기록이었다.

처음 보고서 작성 명령을 받았을 때 무혁은 거부감을 표시했다.

신뢰를 기반으로 로미와 세바스찬을 대하고 있다고 자부하는 무혁에게 보고서는 일종의 배신처럼 느껴져서다.

하지만 니콜은 물론 로미와 세바스찬도 자신처럼 일지를 작성한다는 사실을 알고 난 후에는 그런 생각을 지워 버렸다.

주간 보고서 말고도 일행은 한 달에 한 번 샘팀 코리아 본사에서 열리는 회의에 출석해야 할 의무를 가지고 있었다.

회의에는 올리비아 말고도 몇몇 연구자가 참석했다.

연구자들은 기다렸다는 듯 질문을 쏟아냈다.

"가장 맛있게 먹었던 요리는 무엇입니까?"

"국회의원이라는 직위에 대해 어떻게 생각하십니까?"

"침대는 만족하십니까?"

"수돗물은 그냥 마십니까?"

"사냥에 대해 어떻게 생각하십니까?"

"결혼을 한다면 자녀는 몇 명이나 생각하십니까?"

도무지 연관이 없을 것 같은 질문들의 연속이다.

시간이 남아돌아 연구자의 지적 호기심을 채우려는 생각이 아니라면 질문들은 일정한 의도를 가지고 있다 생각하는 편이 옳았다.

무혁은 그 의도가 궁금했다.

'알려줄 턱이 없잖아. 심리검사의 대상자가 실험의 의도를

알게 되면 이미 실험이 아니지.'

질문의 홍수를 견뎌내면 신체검사가 기다리고 있었다.

이름도 생소한 첨단 장비를 이용해 받는 검사는 50종류를 훌쩍 넘어갔다.

세바스찬은 여성 연구원에게 피를 뽑히며 인상을 썼다.

평소 여자라면 누구든지 호의로 대하는 세바스찬의 성격 상 그가 얼마나 피 뽑기를 싫어하는지 여실히 보여주는 단면 이다.

"이 시간이 제일 싫어."

"혹시나 있을지 모를 감염의 위험 때문이라고 올리비아 씨 가 말했잖아."

로미와 세바스찬은 이세계인이다.

그들이 지구의 질병에 어떤 식으로 반응할지 알려진 바가 없다.

직접적인 이야기는 없었지만 또 다른 측면도 존재한다.

침팬지와 인간의 유전자 차이는 1.6%에 불과하다.

인간과 인간 간의 유전자 차이는 불과 0.1퍼센트다.

바로 이 0.1퍼센트가 개인 간의 차이를 만들어낸다.

그런데 평범한 생텀인과 지구인의 유전자의 차이는 98.98% 일치한다. 오차를 생각하면 인간과 같은 종이라고 봐도 무방하다. 그런데 세바스찬은 98.96%, 로미는 98.94%의 일치도를 보인다고 한다.

올리비아는 그 차이가 세바스찬의 오러와 로미의 신성력의 비밀이라고 생각했다.

무혁과 니콜이 검사를 받는 이유는 더 간단하다.

두 사람은 이계인과 함께 생활한다.

때문에 감수해야 할 역감염의 위험이 존재한다.

'죽었다 살아난 내 체질에 대한 철저한 연구도 필요할 테고.'

무혁이 생각에 잠긴 사이 세바스찬은 무쇠 같은 근육을 사용해 여섯 개째의 주삿바늘을 망가뜨려 연구원을 울상 짓게 만들었다.

연구원에게 잠시 시간을 달라고 부탁한 무혁은 세바스찬을 설득했다.

"지금의 미국과 브라질과 아르헨티나가 자리 잡은 남아메리카 대륙에는 과거 잉카라는 위대한 제국이 존재했어. 최신 연구로는 최전성기의 인구가 1억 명 정도였다고 해."

"생텀의 제국 수준이네. 그런데?"

"그런 제국이 단숨에 멸망했어. 바로 너처럼 신세계를 찾아 항해해 온 서양인들에 의해서 말이야."

"서양인들이 막강한 무력을 가졌나 보네?"

"아냐. 서양인들의 무기는 자신들에게는 별문제가 되지 않는 천연두라는 전염병이었어. 이 질병에 내성이 없던 잉카인들은 속수무책으로 죽어갔어. 그렇게 죽은 사람이 전 잉카인의 90퍼센트였으니 재앙도 이런 재앙이 없었지."

"……."

"이런 예는 지구 역사를 살펴보면 숫하게 많아. 다른 세계와의 만남은 양쪽 모두에게 엄청난 위험을 내포하고 있다는 이야기지."

무혁의 설득은 세바스찬에게 또 다른 걱정거리를 안겨주었다.

"혹시 도멜 영지에서 그런 참사가 벌어지지는 않겠지?"

"철저한 준비를 한 후 접촉을 시작했다고 들었어. 그리고 혹여 문제가 생기더라도 잉카제국의 경우와 달리 치료를 위한 약품들이 충분하니 괜찮아."

"알았어. 알았다고."

세바스찬은 이마에 진한 내천자를 그리긴 했지만 결국 피를 뽑았다.

그 모습을 보고 있자니 의문이 생겼다.

"그런데 왜 피 뽑기를 싫어하는데?"

"피가 흐르는 혈관은 오러가 흐르는 통로이기도 해. 통로에 흠이 생기면 오러는 흩어지고 만다고."

"흠이 생겼다면 피는 왜 멈추는데?"

"그야… 몰라."

세바스찬의 공포가 말도 안 된다는 사실은 알지만 과학적으로 설명할 지식은 없었던 무혁은 연구원을 불렀다.

세바스찬에게 당한 설움을 앙갚음할 좋은 기회라고 생각했는지 연구원은 방대한 분량의 의학서와 인체해부도, 그리고 전문용어를 동원해 세바스찬을 공격했다.

"피가 멈추는 이유는 혈소판 때문이에요. 혈소판은 혈액 1㎣ 내에 약 15~40만 개가 들어 있는 원형 또는 타원형의 유형 성분이에요. 이 혈소판은 상처가 났을 때 손상된 혈관벽으로 달려가 서로 엉겨 붙으면서 혈액응고인자를 불러내죠. 그 이유는……."

30분에 걸친 집요한 공격은 세바스찬을 그로기 상태로 몰고갔다.

결국 세바스찬은 자신의 잘못을 인정했다.

"세바스찬 폰 도멜 남작, 나의 무지를 인정합니다. 지금까지의 무례를 용서해 주시기 바랍니다."

"받아들일게요."

연구원이 승리의 미소를 흩날리며 사라지자 세바스찬이 진 빠진 목소리로 말했다.

"솔직히 말해서 지구의 남녀평등이 꼭 좋은 것만은 아닌 것 같아."

"어디 가서 그런 소리 하지 마라. 원시인으로 경멸받기 딱
좋다."

무혁은 경고했고 세바스찬은 알았다고 대답했다.

*　　　*　　　*

어느 일요일 아침, 니콜이 무혁을 찾아왔다.

"로미와 미용실에 가려구요. 로미도 그렇고 저도 그렇고
너무 엉망이네요."

"그렇게 하자구. 그런데 어디로 갈 건데?"

"저도 잘은 몰라요. 혹시 아는 곳 있어요?"

"이왕이면 좋은 곳으로 하자구. 청담동에 연예인들이 다니
는 미용실이 많다고 들었는데……."

"알았어요. 그럼 차 좀 쓸게요."

"아냐, 함께 가자. 세바스찬 머리도 엉망인데 함께 깎자.
점심도 함께하고."

"알았어요."

머리를 깎으러 가자는 말을 들은 세바스찬은 기겁을 했다.

"싫어."

"왜?"

"그냥 싫어. 절대로 싫어."

"머리가 어깨까지 내려오는데 불편하지 않아?"

"하나도 안 불편해. 그리고 내 머리는 내가 깎는다구. 신경
쓰지 마."

"알아서 해라."

머리는 안 깎더라도 오랜만에 함께 외식도 좋겠다 싶었다.

무혁은 일행과 함께 청담동으로 향했다.

적당한 미용실을 골라 니콜과 로미를 들여보낸 무혁과
세바스찬은 근처 카페테라스에서 두 사람을 기다리기로 했
다.

적당히 주문을 마친 무혁은 물었다.

"머리를 왜 안 깎으려고 하는데?"

"그냥 싫다니까……."

"뭐, 삼손 이야기 같은 거냐?"

"삼손이 뭔데?"

"힘이 센 장사였는데 머리를 깎으면 힘을 못 썼거든."

"그런 거 아니거든!"

"그럼 뭐야?"

"사실 무서워서 그래. 몇 년 전에 머리를 깎다가 죽을 뻔했
거든."

머리를 깎다가 죽을 뻔했다?

문득 옛 이야기 하나가 생각났다.

나폴레옹이 가장 무서워한 사람은 적도 암살자도 아닌 이발사(Barber—surgeon)였다는 이야기가 있다.

칼과 가위를 다루는 이발사가 이발과 면도를 하는 시간 동안 꼼짝없이 목을 맡겨야 했기 때문이다.

하긴 지금도 대한민국의 대통령은 자신만의 전속 이발사를 둔다.

세바스찬의 이야기도 그런 류의 이야기와 비슷했다.

다만 다른 점은 세바스찬답게 이 이야기 속에도 여성이 등장한다는 사실이었다.

"라스토라 제국에 갔을 때 난 제국 후작 각하의 미망인과 사랑에 빠졌지. 그런데 그 사랑을 방해하는 훼방꾼이 나타났어. 후작부인의 남동생인 고든 백작이었지. 누나를 사랑했던 고든 백작은 내 머리를 만지는 미용사를 사주해 날 공격하게 했어. 면도칼에 독을 바른 거지."

미망인과 폐륜과 암투와 암살이 등장하는 막장 종합선물세트 격인 이야기다.

"독이 퍼지고 고든 백작이 보낸 암살자들이 내 뒤를 쫓았지. 진퇴양난의 그 순간에 난 후작부인의 침실에 숨어들었어. 후작부인은 사랑으로 날 보살펴 주었지."

"……"

딴에는 아름다운 사랑 이야기겠지만 무혁은 전혀 흥미가 생기지 않았다. 한국 아침드라마에 비하면 막장의 정도가 현저하게 수준 미달이었다.

로미와 니콜을 기다리는 시간은 지루했다.

두 사람이 미용실을 간 지 3시간이 지나자 세바스찬이 걱정을 하기 시작했다.

"무슨 일이라도 생긴 것 아닐까?"

"경험상 3시간은 기본이더라고."

"여자는 머리를 한 올 한 올 깎나?"

"그건 아닌데……. 저기 온다."

멀리서 로미가 손을 흔들었다. 그 뒤에 니콜의 모습도 보였다.

로미는 허리까지 늘어졌던 머리카락을 과감하게 단발로 커트한 상태였다.

"이상하지 않아?"

"잘 어울리는데?"

머리가 긴 로미가 청초함의 상징이었다면 단발의 로미는 귀여움의 극치였다.

"지구의 미용실은 정말 놀라웠어요."

"뭐가? 생팀에는 미용실이 없어?"

"귀족들에게는 전용미용사가 있구요. 평민들은 시장에서 자르거나 어머니가 해주지요."

"그런데 왜 놀라?"

"왜 놀랄 일이 아니에요? 세상에 제 머리를 만져주는 사람이 남자였다구요, 남자."

"……."

어떤 문화권에서는 이성의 머리카락을 만지는 행동이 성적인 뉘앙스를 담고 있기도 하다.

이해는 됐지만 니콜이 말하는 사고는 아니다.

"그래서 남자 미용사를 때리기라도 했어?"

"아뇨? 여자 미용사로 바꿔달라고 했지요. 당장 그렇게 해주던데요?"

로미는 신이 나 자신의 경험을 이야기했다.

그런데 니콜의 표정이 밝지 않았다.

"무슨 일 있었어?"

"로미가 사고 쳤어요."

"……."

"미용실을 나와 여기로 오는데 자동차 한 대가 사람을 쳤어요."

예감이 좋지 않았다.

"설마… 로미 너 차에 치인 사람을 고쳐 준 거야?"

"당연하죠. 어떻게 두고 봐요. 머리에서 피가 철철 흘러내리던데……."

"하~ 혹시 네가 신성력을 사용하는 걸 본 사람 있어?"

로미가 당당하게 말했다.

"몰라요."

무혁은 니콜에게 답을 구했다.

"구경하는 사람들이 있었어요. 그들이 사진이나 동영상을 찍었는지는 장담할 수 없어요."

"그런 사람이 없길 신께 기도하는 수밖에 없겠네."

로미가 환히 웃으며 말했다.

"기도는 내 전문이에요."

"……."

로미가 한 일은 분명 선한 일이다.

그러나 선한 행동의 결과가 항상 선하게 나타나는 것은 아니다.

무혁은 로미를 납득시키는 데 한참을 소비해야 했다.

"대한민국은 이런 사고에 대비해 소방 구급대라는 조직을 운영해. 그들은 신고를 받으면 5분 이내에 도착해서 응급조치를 하고 병원으로 데려가지."

"정말 좋은 제도네요. 하지만 아까 그 사람은 투르칸 신이 머리 위에서 손을 흔들었어요."

투르칸 신이 등장할 정도면 그만큼 생명이 위태로웠다는 이야기다.

로미의 마음은 이해하지만 이해하는 것과 그것을 용인하는 일은 전혀 다른 문제다.

"네가 지구에 온 목적은 지구인의 삶을 경험하기 위해서지?"

"응."

"그런데 이런 식이면 넌 금방 사람들의 주목을 받을 거야. 네가 원하던, 지구인의 삶을 경험하겠다는 지구 방문 목적은 물 건너가는 거지."

그러나 로미는 무혁에 말에 수긍하면서도 자신의 생각을 굽히지 않았다.

"말의 뜻은 알겠어. 앞으로 조심하겠다고 약속할게. 그렇지만 똑같은 상황을 보면 난 유리아 여신님의 음성에 따를 거야."

"로미야……."

무혁은 로미를 조금 더 설득해 보기로 했다.

그때였다.

속이 타는지 얼음물을 마시고 있던 니콜이 무혁의 말을 끊고 일어나 경계 태세를 취했다.

"잠깐만요!"

"왜?"

"저기……."

누가 봐도 수상한 느낌이 풀풀 풍기는 검은 양복에 검은 선글라스를 낀 남자가 접근하고 있었다.

남자는 니콜의 경계를 무시하고 무혁 앞에 서더니 선글라스를 벗었다.

풍기는 느낌과 달리 진한 쌍꺼풀 때문에 무척 선한 인상을 가진 중년 남자였다.

"문무혁 씨 되십니까?"

"어떻게 제 이름을?"

"뭐 그렇게 됐습니다."

남자는 빙긋 웃으며 말했다.

"수! 녀! 님!께서 저지른 사고 뒤처리는 깨끗하게 했습니다. 그렇게 아십시오."

"수녀님? 아~ 네."

수녀님은 신관인 로미를 지칭하는 음어가 분명했다.

"혹시?"

"뭐, 그렇죠."

남자는 무언의 긍정을 했다.

"더우신데 수고가 많으십니다. 시원한 음료수라도 한잔하시죠."

"말씀만 받겠습니다. 다음부터는 이런 일이 벌어지지 않도록 신경 써주십시오. 요즘 같은 시대에 민간인이 찍은 사진과 동영상을 복원 불가능하게 삭제하는 일은 회사로서도 보통일이 아니거든요."

"감사합니다. 주의하겠습니다."

"아참, 그리고 최 대위가 안부 전하더군요."

"최 대위… 아~!'

검은 안경이 언급한 최 대위는 최호일 대위를 의미한다.

무혁과 거의 같은 시기에 전역한 최호일 대위는 군 시절 무혁이 속한 팀의 팀장으로 일찍부터 능력을 인정받아 미군 특수전 사령부로 유학까지 다녀온 특수전 분야의 촉망받는 장교였다.

그래서 최 대위의 급작스런 전역 소식은 많은 부대원에게는 충격이었다. 때문에 그가 별다른 설명 없이 전역한 후 모종의 특별한 임무 때문에 국가정보원에 스카우트됐다는 소문이 부대에 파다하게 돌았었다.

이로써 남자가 국정원이나 그에 준하는 정보기관 소속이란 사실이 확실해졌다.

"전 이만 가보겠습니다. 혹시 연락하실 일이 있으면 김 사장을 찾으십시오."

"알겠습니다."

김 사장이 떠났지만 굳이 어디로 연락해야 하냐고 물을 필요는 없었다.

잠실야구장 한복판에서 불러도 김 사장은 즉각 나타날 것이 분명했다.

'하긴, 로미와 세바스찬의 존재를 알고 있을 정부에서 두 손 놓고 있을 거란 생각은 순진하기 짝이 없지. 더군다나……'

니콜이 있다.

니콜은 자신을 미국 영부인 경호원 출신이라고 소개했었다. 그러나 그 말을 곧이곧대로 믿으면 바보다.

'증거는 없지만 오히려 니콜이 정말로 전직 경호원이라면 그건 그것대로 미국이 무능한 거지.'

김 사장이 떠나자 무혁은 로미에게 마지막으로 당부했다.

"네가 무사히 지구를 경험하고 샘텀으로 돌아가게 하기 위해 많은 사람이 노력하고 있어. 그들의 노력을 헛되게 하지 말길 바라."

"알았어, 오빠."

무혁은 이날의 해프닝이 로미의 다짐으로 마무리됐다고 생각했다.

하지만 그것은 크나큰 오산이었다.

　　　　　 *　　　 *　　　 *

　점심을 먹은 일행은 인사동 관광에 나섰다.

　로미와 세바스찬은 자신들의 문화와 전혀 다른 한국 문화에 대해 큰 관심을 보였다.

　무혁은 내친김에 일행을 남산 한옥 마을로 안내했다.

　"멀지 않으니까 걸어서 가자."

　"좋아요."

　결론적으로 그 결정이 실수였다.

　부우우우웅!

　땅바닥에 쫙 달라붙은 주황색 스포츠카 한 대가 좁은 골목길을 위험한 속도로 달려왔다.

　"옆으로!"

　위협을 느낀 니콜이 로미를 벽에 붙여 세웠다.

　부우우웅!

　끼이익!

　거친 배기음을 토해낸 스포츠카가 로미 옆에 급정거했다.

　차 가격만 시가 5억 원이 넘는다는 람보르기니 아벤타도르였다.

빵~!

클락션 소리다.

아벤타도르의 창문이 열리고 버터로 목욕한 후 마가린을 로션 대신 바른 것 같이 느끼하게 생긴 청년이 얼굴이 삐쭉 내밀었다.

"헤이, 아가씨. 어디 가요? 태워다 줄까요?"

본토인 뺨치는 멋진 영어 발음이다.

무혁은 진심으로 감탄했다.

'어째 저런 족속은 하는 행동이 똑같을까?'

그러나 걱정할 필요는 없었다.

로미는 저런 3류 헌팅에 넘어갈 여자가 아니다.

그런데 넘어갔다.

"와~! 멋진 자동차네요."

"람보르기니 아벤타도르라고. 5억 원이 넘어."

로미가 무혁을 바라보았다.

"우리도 한 대 사면 안 되나요?"

"……"

마가린이 웃음을 터뜨리며 차에서 내렸다.

"못 들었어? 5억 원이라구, 5억 원. 아파트가 한 채야, 한 채. 아무나 살 수 있는 차가 아니야."

"아~ 알아요. 아파트 한 채. 자동차 10대 가격이라면서요?

그럼 이 차는 엄청 비싼 자동차군요?"

"당연하지. 너 어디 가?"

"남산 한옥 마을이란 곳에 가고 있어요. 옛날 집들이 많이 있는 아름다운 마을이래요."

"타! 데려다 줄게."

"정말요? 잠시만요."

로미가 눈동자를 반짝이며 무혁에게 물었다.

"나, 타도 돼요?"

"아니."

"타보고 싶은데……."

"절대 안 돼."

마가린이 물었다.

"누구야?"

"가이드 오빠예요. 자기는 옵저버라고 주장하지만요."

"가이드라구?"

마가린이 무혁을 위아래로 훑어보았다.

평가를 끝냈는지 마가린이 지갑을 꺼냈다.

"가이드면 가이드답게 굴어야지. 손님이 하는 일을 막아서면 되나? 자 이거 받아. 어디서 밥이나 먹고 오라고."

5만 원짜리 지폐 두 장.

어이가 없어 대꾸할 힘까지 빠진 무혁이다.

마가린은 그 반응을 전혀 다른 측면에서 받아들였다.

"부족해? 짜식, 알았어."

5만 원짜리 지폐, 두 장이 추가됐다.

마가린은 20만 원을 무혁의 주머니에 쑤셔 박은 후 로미에게 다가갔다.

"가자."

마가린이 로미의 손목을 잡으려 했다.

무혁은 마가린을 막으려 했다.

로미가 걱정돼서가 아니라 마가린이 걱정돼서다.

아니나 다를까 세바스찬과 니콜이 동시에 움직였다.

니콜이 빨랐으면 좋았겠지만 세바스찬이 더 빨랐다.

무혁은 소리쳤다.

"멈춰!"

빛과 같은 속도로 마가린에게 다가가던 세바스찬이 말뚝처럼 멈춰 섰다.

'휴~!'

그러나 니콜은 자신의 임무를 완수했다.

마가린의 몸이 살짝 들리는가 싶더니 허리를 축으로 360도 돈 후 아스팔트에 처박혔다.

퍽!

니콜은 전문가였다. 마가린은 그렇게 심하게 처박히고도

털끝 하나 다치지 않았다.

니콜이 차갑게 말했다.

"가."

"……."

"안 가?"

"……."

마가린이 람보르기니를 몰고 사라졌다.

찌질이들이 으레 그러하듯이 마가린은 저주를 남겼다.

"별 거지 같은 것들 다 봤네. 내가 누군 줄 알아? 다 죽었
어."

싸움에 진 똥개가 남긴 공염불에 불과했지만 그 말은 마가
린에게 치명적으로 작용했다.

말뚝처럼 박혀 있던 세바스찬이 사라진 것이다.

커피전문점을 나오던 여자친구가 남자친구에게 물었다.

"와~ 무슨 차야?"

"람보르기니 아벤타도르."

"비싸겠다."

"한 5억 원 할걸?"

여자친구가 남자친구의 차를 바라보았다. 10년 된 국산 중
소형 승용차다.

오랜만에 잘 차려입고 데이트를 나온 자신이 한심해졌다.

"나 집에 갈래."

"왜? 어디 아파?"

"아냐."

"그런데 왜 그래. 남산 돈까스 먹기로 했잖아."

"돈까스 너나 먹어. 난 갈래."

"무슨 일이야. 내가 미안해."

"뭐가 미안한데?"

"뭐든지."

"넌 항상 그런 식이야."

"잘못했어."

"그러니까 뭘 잘못했냐구."

연인의 대화를 듣던 마가린은 바로 이거라고 생각했다.

이런 반응이 필요했다.

그것들이 이상한 족속이었다.

'아깝긴 해.'

처음 금발 서양 아가씨를 본 순간이 기억났다.

보통 미녀들은 환하게 빛이 난다고 한다.

그러나 그 아가씨는 오히려 주변을 어둡게 만들었다. 어둠 속에서 나 홀로 존재를 빛내고 있었다.

"별 거지 같은 것들이 말이야."

어차피 따먹지 못할 포도다.

상했거나 시거나 둘 중 하나가 분명하다.

자위를 하고 나니 마음이 풀렸다.

마가린은 키를 돌리며 아벤타도르로 걸어갔다.

그리고 보았다.

쿠콰앙~!

제세공과금 포함 6억 원이 훌쩍 넘는 아벤타도르의 탄소섬
유 강화플라스틱 지붕이 주저앉았다.

꽈광~!

"……?!"

지붕만이 아니었다.

빠지지직.

쿵~!

다음 순간 700마력의 어마어마한 힘을 뿜어내는 12기통 엔
진이 저만치 날아갔다.

자연재해가 아니었다.

포크레인 같은 중장비가 일으킨 사고도 아니었다.

"…?!"

아벤타도르를 찢어진 플라스틱 조각으로 만든 것의 정체
는 사람이었다.

그 사람이 마가린을 향해 걸어왔다.

남자는 웃고 있었다.

겨우 세바스찬을 찾은 무혁은 참혹하지만 한편으로는 속 후련한 광경에 몸서리쳤다.

그래도 사람을 상하게 할 수는 없다.

"세바스찬, 멈춰!"

세바스찬은 멈추지 않았다.

무혁은 세바스찬의 풀 네임을 불렀다.

"세바스찬 폰 도멜 남작! 멈춰!"

그제야 세바스찬이 대꾸했다.

"이놈은 감히 신관님을 죽이겠다고 했어. 내가 먼저 죽일 거야."

보통 사람이 죽인다고 말하면 그 단어는 감정의 확장된 표현인 경우가 대부분이다.

그러나 세바스찬의 경우는 다르다.

세바스찬은 죽인다면 정말로 죽인다.

무혁은 세바스찬에게 지금까지 몇 명이나 죽였는지 물어본 적이 있다.

세바스찬은 잠시 손가락을 헤아리더니 300명은 넘고 1,000명은 안 될 거라는 무시무시한 대답을 내놓았었다.

이유야 어떻든 세바스찬의 살인 명부에 마가린을 끼워 넣을 수는 없다.

무혁은 이번 기회에 천방지축 날뛰는 세바스찬의 기를 죽일 필요성을 느꼈다.

"너, 남작 맞아?"

"또 물어? 나 남작 맞아. 국왕 폐하의 인장이 찍힌 작위증도 있어."

"아무리 생각해 봐도 그 작위증은 위조된 게 확실해."

"무슨 소리야……."

"생각해 봐. 여긴 지구 하고도 대한민국이야. 랭던 왕국에 랭던 왕국의 법이 있듯이 대한민국에는 대한민국의 법이 있어. 안 그래?"

"그야… 그렇겠지."

"무지한 평민이라면 몰라도 귀족이라면 대한민국의 법을 존중해야 하잖아. 대한민국에서는 대통령이 아니라 대통령 할아버지라고 해도 살인하면 감옥행이야."

"……."

세바스찬은 바보가 아니다.

자신이 살인을 저지르면 많은 사람이 피곤해진다는 사실 정도는 안다.

세바스찬을 달랬으니 이번에는 마가린 차례다.

"그건 그렇고 저 차, 얼마라고 했지?"

"옵션과 이것저것 포함해서 6억 8천만 원 들었습니다."

"불러."

"네?"

"계좌번호 말이야."

"아~"

무혁은 마가린이 불러준 계좌에 7억 원을 송금했다. 내 돈도 아닌데 속이 쓰렸지만 마가린의 입을 다물게 하려면 어쩔 수 없다.

"확인해 봐."

"네, 들어왔습니다."

마가린이 입금을 확인하자 무혁은 마지막 쐐기를 박았다.

김 사장을 부른 것이다.

"김 사장!"

처음 봤을 때도 느꼈지만 김 사장은 공직자답지 않게 상당히 센스가 있는 남자였다.

"……."

"……."

"……."

정작 호출한 무혁마저 놀랐다.

검은 양복을 입은 김 사장을 필두로 주차장 입구에서 꿀
호떡을 팔던 청년, 커피숍에서 빙수를 먹던 연인, 지나가던
아저씨, 어린이집 노란승합차 운전사가 순식간에 모여들었
다.

"쩝… 봤지? 오늘 있었던 일이 알려지면 이 남자가 가장먼
저 널 찾아갈 거야."

마가린이 열정적으로 고개를 끄덕였다.

마가린은 로미가 유럽 어느 나라의 공주쯤일 거라 결론 내
렸다.

'저 괴물은 경호원이나 귀족쯤 되겠지. 똥 밟은 건가?'

땅 부자 아버지 덕에 유학도 다녀오고 아벤타도르도 타고
있다.

아버지는 항상 어쭙잖은 부는 권력 앞에선 태풍 앞의 촛불
과 같아 언제든지 날아가 버릴 수 있다고 말했었다.

기억하기 싫은 끔찍한 하루가 지났다.

일은 별 탈 없이 마무리됐지만 정작 무혁은 고민에 빠져 있
었다.

"이해하기 힘들어. 정말로 이해하기 힘들어."

마가린을 쫓아 사라졌던 세바스찬은 인간이 아닌 슈퍼히
어로 같았다.

"눈 깜박할 순간에 시야에서 사라졌었어. 그런데 어떻게?"

그런데도 무혁은 세바스찬이 사고 치기 전에 그를 찾아냈다.

그것은 스스로도 이해하기 힘든 신체 능력과 본능이 만들어낸 기적적인 결과였다.

"확실히 뭔가 변했어. 뭐, 나쁘지 않아. 오히려 좋아."

변화를 인정하고 나니 욕심이 생겼다.

무혁은 지금보다 더 많은 시간을 운동에 투자하기로 했다.

*   *   *

매일 새벽, 무혁과 세바스찬은 한강을 달렸다.

팔찌가 주는 부담은 대단해서 1~2㎞만 달리고 나면 무혁은 파김치가 되고 말았다.

그러나 무혁은 이미 평범한 인간이 아니었다.

무혁의 몸은 빠르게 부담에 적응했고 그에 따라 달릴 수 있는 거리가 대폭 늘어났다.

기분 좋은 피곤함과 함께 무혁이 기진맥진해 쓰러지면 세바스찬이 나섰다.

무혁은 세바스찬의 등을 빌려 집으로 돌아왔다.

집으로 돌아와 땀에 젖은 운동복을 벗어 던지고 샤워를 하면 충전을 마친 건전지처럼 몸이 말짱해졌다.

믿기지 않는 회복력이었다.

그 느낌은 너무나 묘해서 스스로가 무언가 한 한계 진화한 인간이 된 것 같은 기분까지 들었다.

제9장

카페 유리아

Sanctum

세바스찬과 로미와 함께 생활하기 시작한 후 식생활은 두 사람의 취양에 맞춰졌다.

두 사람은 기본적으로 양식 위주의 식사를 선호했다.

덕분에 식단은 전형적인 미국식으로 구성되었다.

아침은 삶은 소시지와 바삭하게 구운 베이컨, 베이컨 기름에 튀기듯 프라이한 계란에 토스트나 팬케이크와 우유 그리고 오렌지 주스였고 점심은 햄버거에 감자튀김과 콜라로 메뉴가 구성되었다.

여기에 저녁은 스테이크를 기본으로 하얀 빵과 감자, 여기에 곁들이는 크림치즈나 버터, 그리고 치즈와 버터와 라쟈냐 면과 다진 고기가 투입되는 소고기 라쟈나 등이 사이드 메뉴로 추가된다.

마지막으로 매 식사 때마다 빠지지 않는 달콤한 케이크와 초콜릿, 브라우니 등의 디저트가 대미를 장식한다.

이것으로 끝이 아니다.

치킨이나 보쌈이나 족발, 피자, 탕수육 등의 야식도 있다.

그런데 문제는 메뉴가 아니라 양과 그 횟수다.

먼저 양을 보자면 세바스찬과 로미는 기본적으로 아침에 소시지 3~4개와 베이컨 10여 장, 시럽과 버터를 듬뿍 바른 팬케이크 4~5장을 먹어치운다.

햄버거는 3개가 기본이고 세바스찬의 경우 말리지 않으면 10개도 문제없다.

야식으로 즐기는 피자와 치킨은 두 사람 공히 패밀리 사이즈 한 판에 일인 일 닭이 기본이다.

이런 양이 매일 반복된다.

이러한 식습관은 결국 경고를 받았다.

한 달에 한 번 있는 검진결과를 받아 든 올리비아는 협상의 가능성이 없는 단호한 어조로 말했다.

"식단을 조절하세요."

올리비아의 말 한마디 때문에 한남동 일행의 집 응접실은 아침부터 팽팽한 긴장감이 감돌고 있었다.

매주 월요일 아침 열리는 회의의 의제는 향후 일주일간의 스케줄을 비롯해 장보기 리스트까지 다양했다.

"말했다시피 올리비아의 지시대로 오늘부터 식단을 조절해야 해. 저번 주에 먹어치운 소고기가 무려 20㎏이었어."

니콜은 별다른 반응을 보이지 않았지만 로미와 세바스찬은 큰 충격을 받은 표정이었다.

잠시 침묵이 흐른 후 세바스찬이 입을 열었다.

"혹시 올리비아가 우리가 돈을 너무 많이 써서 화가 난거야?"

"돈 문제가 아니야."

"그럼?"

"두 사람의 건강 때문이지."

"난 건강한데?"

"겉으로는 그렇지. 하지만 육식과 지방에 편중된 식생활은 건강의 적이야. 균형적인 식생활을 하지 않으면 네 몸은 콜레스테롤 덩어리가 될 거라구. 올리비아의 말에 의하면 두 사람은 고지혈증이래."

"콜레스테롤이 뭔데?"

"……"

평소에는 문제가 없는데 전문용어만 나오면 대화가 막힌다.

"콜레스테롤은 혈관을 좁게 만들어서 피의 흐름을 막아 고혈압이나 동맥경화를 일으킨다구."

"흠, 식도락을 좋아하는 귀족들이 한 방에 가는 이유가 콜레스테롤 때문이군."

세바스찬은 납득한 것 같아서다.

하지만 언제나 그랬듯이 그런 생각은 엄청난 오판이었다.

"좋아. 형의 말에 동의해. 10㎏로 줄일게."

"······."

기가 막혔다.

'어디가 줄인 거냐?'

무혁은 반론하려 했다.

그런데 로미도 세바스찬의 의견에 찬성하고 나섰다.

"좀 부족하긴 하지만 그 정도면 동의해요."

"······."

아무리 로미의 말이지만 그대로 넘어갈 일이 아니다.

무혁은 단호하게 말했다.

"안 돼. 10㎏이면 하루에 1.4야. 우리가 4명이니까 한사람당 하루에 350g이라구."

세바스찬이 발끈했다.

"뭐가 많아. 그 정도는 돼야 힘을 쓰지."

"네가 오크냐? 고기를 먹지 않으면 힘을 못 쓰게?"

"쩨쩨하기는……."

"이건 쩨쩨한 것과는 달라. 다 두 사람의 건강을 위해서라구. 그리고 아침도 간단히 시리얼과 샐러드 정도로 하고 점심 역시도 건강식으로 바꿀 생각이야."

"너무해."

로미도 말했다.

"너무해요."

무혁은 단호했다.

"모두 두 사람의 건강을 위해서야. 게다가 신용카드는 나에게 있다구."

"……."

"……."

회의는 끝났다.

하지만 무혁은 이 시점에서 이 회의가 가져올 파국을 예상하지 못하고 있었다.

*　　*　　*

일주일이 흘렀다.

다시 돌아온 월요일 아침 회의 시간에 로미는 말했다.

"돈을 벌겠어요."

"······?!"

'벌어야겠어요!' 가 아니라 '벌겠어요!' 다. 이는 선언이자 타협 불가능하다는 의미를 내포하고 있다.

돈을 벌겠다는 생각의 실현 여부는 차치하고라도 먼저 그 이유가 궁금했다.

'혹시? 저번 주 회의 때문인가?'

그렇다면 오해다. 돈이 아니라 올리비아와 무혁은 진심으로 두 사람의 건강을 걱정했다.

"식단 조절 문제로 오해가 있는 것 같은데······."

로미가 무혁의 말을 가로막았다. 평소 그녀의 성격으로 보아 이는 대단히 이례적인 행동이다.

"분명 그 일이 동기가 되긴 했어요. 하지만 어디까지나 동기일 뿐 직접적인 이유는 아니에요."

"그렇다면 이유를 들어볼 수 있을까?"

"이유는 단순해요. 우리는 지구 사람들의 실생활을 경험하고 싶어요. 그런데 지금까지의 방식으로는 그 생활을 경험할 수 없다는 거죠."

"경제활동이 결여되어 있다?"

"그래요. 지금처럼 모든 경제활동을 전적으로 의지해서는 생텀의 귀족 생활과 다를 게 없어요. 저희는 서민들의 생활을 경험해 보고 싶어요."

로미의 말은 끝났다.

로미의 주장은 일리가 있었고 그래서 무혁은 반대할 수 없었다.

하지만 짚고 넘어갈 사항이 있었다.

"세 가지 문제가 있어. 첫 번째는 올리비아 씨가 허락할 것인가의 문제야. 누가 뭐래도 두 사람의 안전을 책임진 사람은 올리비아 씨이기 때문이지."

"두 번째는요?"

"자금이야. 하지만 첫 번째 문제가 해결되면 자연스럽게 해결되겠지."

"자금을 도움받을 생각은 없어요. 자금을 마련하는 일 또한 경제활동에 포함되니까요."

기특한 생각이다. 그래도 의문이 생겼다.

"혹시 아르바이트라도 하겠다는 소리야?"

잠자코 대화를 지켜보고 있던 세바스찬이 끼어들었다.

"이걸 팔 생각이야."

세바스찬은 콩알만 한 다이아몬드가 박혀 있는 금반지를 내밀었다.

"여기서도 다이아몬드는 비싸다고 하더라고……."

"그렇긴 하지만……."

이번에도 무혁의 말을 끊은 로미가 물었다.

"마지막 문제는 뭐예요?"

"어떻게 돈을 벌 생각이지? 이미 말해두지만 대한민국의 현실은 냉혹해. 창업 후 1년 생존율이 10퍼센트에 불과할 정도로 말이야. 덧붙이자면 2년 후 생존율은 불과 3퍼센트야."

"생각해 둔 바가 있어요. 우선 올리비아 씨에게 허락을 받아주세요."

"알았어."

무혁은 올리비아에게 전화를 걸었다.

용건을 전해 들은 올리비아는 무혁이 놓치고 있던 사실을 파악했다.

―로미는 몰라도 세바스찬은 돈을 벌고 싶을 거예요.

"세바스찬이 말입니까?"

―세바스찬은 홀몸이 아니니까요.

"…그렇군요."

세바스찬은 척박한 작센 영지의 영주다.

영주는 영지민을 지키고 먹여 살릴 의무가 있다. 그래서 세바스찬에게 지구 생활은 놓칠 수 없는 기회다.

"세바스찬은 지식뿐만이 아니라 자금도 확보하고 싶겠군요."

―그래요.

"그럼 허락하시는 겁니까?"

―내가 허락하고 말고 할 사항이 아니에요. 두 사람은 손님이지 인질이 아니니까요. 안전만 보장된다면 무슨 일이든 상관없어요.

"알겠습니다. 그렇게 전하겠습니다."

올리비아의 허락이 떨어지자 로미와 세바스찬은 본격적인 돈벌이 준비에 나섰다.

하지만 두 사람의 도전은 다이아몬드 반지를 팔러 간 금은방에서부터 벽에 부딪쳤다.

반지는 감정하지도 않은 채 주인이 물었다.

"보증서는요?"

세바스찬이 발끈했다.

"보증서라니? 감히 나에게 보증서 운운하는가? 나 세바스찬 폰 도멜 자… 읍!"

무혁은 되지도 않는 작위 운운하는 세바스찬의 입을 막은 후 말했다.

"이 친구가 대대로 물려받은 반지라 보증서는 없습니다."

"보증서가 없으면 값어치가 떨어진다는 사실은 알고 있으시죠?"

"그렇습니다. 감정만 부탁드립니다."

감정을 마친 주인이 말했다.

"크기는 좋은데……. 세공이나 품질이 너무 좋지 않아서……."

"얼마나 받을 수 있을까요?"

"다시 연마를 한다 치면……. 잘 쳐야 1,000만 원 정도입니다."

무혁은 세바스찬에게 물었다.

"하려는 계획이 1,000만 원이면 되는 거야?"

"아니……."

"그럼 어떻게 할 건데?"

"로미와 상의해야겠어."

"……."

무혁은 금은방 주인에게 양해를 구한 후 밖에서 기다리고 있던 로미를 만났다.

자초지종을 들은 로미는 한숨부터 쉬었다.

"1,000만 원이면……. 턱없이 부족한데……."

그래도 비용까지 계산해 본 모양이다.

이 정도면 장난으로 시작한 일은 아니다.

"먼저 무슨 사업을 할 건지 말해봐. 그래야 해답이 나오지."

"커피전문점."

"커피전문점이라고? 커피는 어떻게 만들 건데?"

"배우면 돼요."

무혁은 하마터면 '이런 철딱서니를 봤나'라고 소리칠 뻔했다.

필요한 자금은 별도로 친다고 해도 커피전문점을 운영하기 위해서는 갖추어야 할 기술과 능력이 한두 가지가 아니다.

'그동안 드나들었던 커피전문점을 보고 내린 섣부른 판단이 분명해. 아냐, 가만…….'

그런데 곰곰이 따져 보니 꽤 괜찮은 계획이라는 생각도 들었다.

'솔직히 말해서 로미와 세바스찬의 외모면 구정물을 내놓아도 사람이 미어터질걸?'

집과 가까운 장소라면 반대할 필요는 없다는 판단이 섰다.

"커피전문점은 괜찮은 생각인 것 같아. 그럼 다시 자금 문제로 넘어가자. 로미야 신관이니 보석 따위가 있을 리 만무하고 세바스찬은 아까 같은 반지가 더 있어?"

"없어. 그 반지, 집안에서 대대로 내려오는 가보야."

"가보를 팔아치우려고 했단 말이야?"

"가보라고 해봤자 한낱 반지일 뿐이야. 난 내 영지를 발전시키는 일이 더 급해."

"……."

세바스찬답지 않은 진중한 대답이 돌아왔다.

'올리비아의 생각이 맞았어.'

무혁은 로미를 바라보았다.

로미는 상심에 잠겨 있었다.

그 모습을 보니 모른 척하기 힘들었다.

무혁은 대안을 제시했다.

"올리비아 씨에게 자금 융통이 가능한지 알아보자."

"생텀 코퍼레이션의 자금을 말하는 건가요?"

"아마도 당연히 그렇게 되겠지."

"그건 싫어요. 지금도 도에 넘치는 지원을 받고 있어요."

종교적인 신념인지 단지 자존심의 발로인지는 몰라도 로미는 단호했다.

대화가 답보 상태에 빠지자 세바스찬이 그다운 대안을 내밀었다.

"종합격투기 선수가 돈을 많이 번대. 나 그거 할래."

나름 머리를 썼지만 허락할 수 있는 방안이 아니다.

무혁은 세바스찬을 달랬다.

"네 실력이면 돈은 벌겠지. 하지만 얼굴이 너무 팔려. 시원한 아이스 아메리카노 한 잔 마시면서 생각을 더 해보자구."

가까운 커피전문점으로 이동한 일행은 음료를 주문했다.

*　　　*　　　*

네 사람이 자리 잡고 주문을 마치자 손님들이 소곤대기 시작했다. 언제나처럼 그들이 관심을 둔 대상은 로미였다.

"금발 소녀 봤어? 죽인다."

"엘프구만, 엘프야."

"모델인가?"

"모델치고는 키가 작지 않아?"

"캬~ 저런 여자 한 번만 사귀어봤으면 원이 없겠다."

"너 같은 모태 쏠로가? 아서라. 나라면 몰라도……."

"유치원에서 사귄 여자는 사귄 걸로 치는 게 아니야."

"한번 꼬셔볼까?"

"관둬라. 옆에 남자 근육 안 보여?"

"저 자식도 느끼하게 생겼네."

"끼리끼리 논다 이 말이지."

남성들이 로미에 열광했다면 여성들은 세바스찬에 열광했다.

"잘생겼다."

"모델인가?"

"에메랄드 빛 눈동자~ 아~ 그냥 빠져서 헤엄치고 싶다."

"또 시작이다."

"손의 잔 근육은 어떻고……. 헬스로 만든 근육이 아냐. 저런 남자랑 한 번 사귀어봤으면……."

"대시해 보든지……."

"난 영어 못 하잖아."

"난 영어하니까 내가 해볼까?"

"아서라~ 한국 여성 평균치 대폭 하락한다."

"미친년!"

니콜에 관심을 두는 부류도 있었다.

"난 붉은 머리가 좋아. 저 시크한 눈빛 좀 봐라. 크아~"

"무릎에 살짝 걸치는 스커트와 하얀 블라우스에 걸친 슈트! 오피스룩의 정점이다, 정점."

"귀여운 여자아이에게 열광하는 사람들을 이해 못 하겠어."

"그럼! 성숙한 여성의 아름다움의 대단함을 이해 못 하는 놈들은 외모만 나이 먹은 오덕일 뿐이야."

무혁은 혹시나 하는 바람을 가지고 귀를 기울였다.

'젠장, 내 이야기는 하나도 없잖아.'

아니, 있었다.

"저 남자는 뭐지?"

"스타일리스트는 아니겠고……. 그렇다고 매니저도 아닌 것 같아."

"그럼 운전수겠네. 좋은 말로 로드 매니저."

"맞다, 맞아."

기대하던 반응은 없었다.

무혁은 자존심에 스크래치가 나기 전에 귀를 닫았다.

'이런 반응이라니……. 가만… 정말 커피전문점을 차리면 큰돈은 못 벌어도 짭짤할 수도 있겠어. 로미 말대로 커피는 바리스타 학원을 다니면 그만이고 케이크 종류는 근처 베이커리에서 조달하면 되니……'

생각이 여기에 미치자 무혁은 해결책을 만들어냈다.

"이렇게 하자."

달콤한 프라푸치노와 케이크를 탐닉하고 있던 로미와 세바스찬이 귀를 쫑긋 거렸다.

"내가 돈을 투자할게."

"오빠가?"

"형이?"

"그래, 어디까지나 개인 자격으로! 그리고 이익금은 정확히 3등분하는 걸로 하자."

침묵을 지키고 있던 니콜이 끼어들었다.

"4등분으로 해요. 저도 투자할게요."

"니콜이?"

"왜? 저는 안 되나요?"

안 될 이유가 없다.

로미와 세바스찬은 무혁의 제안을 받아들였다.

*   *   *

무혁은 기존에 살던 원룸의 전세보증금에 더해 모아두었
던 쌈짓돈을 모두 털었다.

기자 시절 모아둔 돈은 별 볼 일 없었지만 생텀 코리아에
입사 후에는 달리 쓸 곳이 없어 통장에 넣어둔 돈이 쏠쏠했
다.

"쩝, 내 전 재산 1억 원이야."

"그럼 저도 금액을 맞추는 편이 좋겠죠."

니콜 역시도 1억 원을 내놓아 개업 자금은 총 2억 원이 되
었다.

세상물정을 모르는 사람은 로미와 세바스찬이 아니라 무
혁이었다.

몇 군데 부동산을 다녀보니 한남동에 그럴싸한 카페를 오
픈하려면 2억 원은 턱없이 부족한 금액이었다.

"권리금에 보증금에 인테리어에……. 들어가는 돈이 뭐가
이리 많아?"

고민하는 무혁을 지켜보던 니콜이 말했다.

"내가 조금 더 낼까요?"

"여유가 있어?"

"이래 봬도 고소득 전문직이니까요."

확실히 생텀은 돈을 많이 준다. 가진 거라고는 원룸 전세보증금밖에 없던 무혁이 불과 몇 달 만에 1억 원을 모을 만큼 말이다.

그러나 무혁은 니콜의 제안을 받아들이지 않았다.

니콜의 제안을 받아들이면 투자 비율을 바꿔야 하기 때문이다.

'초대박이 분명하거든……'

무혁이 대박을 확신하는 이유는 로미 때문이었다.

           *   *   *

개업을 위해 바리스타 학원을 다니고 있는 로미는 며칠 전한 가지 음료를 만들어 무혁에게 시음을 의뢰했다.

음료는 겉보기에는 생수처럼 보였다.

생수 아니냐고 묻자 로미는 웃음으로 부정했다.

반신반의하며 음료를 마신 무혁은 경탄하고 말았다.

음료는 살짝 달며 시원하고 상쾌한 맛에 활기까지 북돋아주었다.

"믿을 수 없어. 이게 뭐지?"

"넥타르라고 해요. 재료는 물과 설탕이죠."

"물과 설탕만으로 이런 맛이 난다고? 아니, 그전에 더 있어?"

"많이 만들었어요. 니콜 언니와 세바스찬도 불러서 마셔요."

니콜의 반응도 무혁과 다르지 않았다.

"멋져요. 아~ 정말 좋아요."

다만 세바스찬은 조금 다른 반응을 보였다.

"이거 넥타르잖아? 지구에서도 만들 수 있는 거였어?"

"혹시나 해서 만들어봤는데 잘된 것 같아."

설명에 의하면 넥타르는 물과 설탕과 신성력으로 제조되는 일종의 성수로 특별한 맛과 갈증 해소, 그리고 자양강장 효과로 이름 높은 생팀 최고의 음료다.

"야~ 나도 정말 오랜만에 마셔보네. 생팀에서는 설탕이 매우 귀하거든. 제대로 된 신관도 부족하지. 그래서 아주 적은 양의 넥타르만이 만들어지고 당연히 왕족이나 귀족들 차지지."

이유가 어쨌든 제조 방법이 어쨌든 넥타르는 도저히 멈출 수 없는 마성의 음료였다. 무혁은 배가 올챙이처럼 불러올 때까지 넥타르를 마시고 또 마셨다.

고민 끝에 무혁은 최후의 방법을 사용하기로 결심했다.

"집을 개조하자."

일행이 살고 있는 집은 비탈에 지어져 외부에서 보면 지상 3층 건물이지만 내부에서 보면 지하 1층에 지상 2층인 구조다.

지하에는 4대의 승용차를 주차할 수 있는 넓은 주차장과 다용도실과 작은 작업실이 자리 잡고 있다.

"외부에서는 이 주차장이 1층이니 카페로 개조해도 무방할 거야."

집과 카페가 같은 공간에 위치하면 여러 가지로 유리한 점이 많다.

특히 니콜이 좋아했다.

"안 그래도 하루 종일 로미 옆에 붙어 있을 생각을 하니 머리가 지끈지끈 아팠는데 잘됐어요."

결정이 내려지자 그 뒤의 일은 순조롭게 진행되었다.

카페의 인테리어는 세바스찬이 맡겠다고 나섰다.

"라스토라 제국에 갔을 때 제국 후작 각하의 미망인이 운영하는 살롱에 초대받은 적이 있지. 단아하고 품격 있으면서도 아름다웠던 살롱의 모습을 잊을 수 없어."

중세의 살롱은 귀부인들이 애인들을 불러들여 차와 향락을 공유하던 장소다. 확실히 멋진 장소겠지만 카페의 주 손님층이 될 젊은 여성들의 취향에는 맞지 않겠다는 생각이 들었다.

"금박 떡칠은 싫어."

"형이 생각하는 그런 천박한 살롱이 아니야. 나도 그런 살롱은 질색이라구."

"설명해 봐."

"전체적으로 하얀색이 기반이고 세부적으로 바다색깔과 꽃으로 포인트를 준 멋진 장소였어."

세바스찬은 그림까지 그려가며 열을 올렸다.

전혀 예상 밖이었지만 세바스찬은 꽤나 그림을 잘 그렸다.

무혁은 세바스찬의 그림을 보고 지중해풍의 작은 별장을 떠올렸다.

인터넷을 뒤져 몇 장의 사진을 보여주니 다행히 그 예상이 맞았다.

인테리어에 대한 협의가 끝나자 다음 단계는 상호였다.

이번에도 세바스찬이 나섰다.

"도멜이 좋을 것 같아."

"혹시 살롱은 가문의 성을 따서 짓는 법이냐?"

"응!"

"……."

도멜, 확실히 괜찮은 이름이다. 다만 무혁이 추구하는 카페
가 아니라 연기가 자욱한 바에 맞는 이름이다.

게다가 도멜은 도베르만을 연상시킨다.

"도베르만은 개라구."

인터넷을 뒤져 도베르만의 사진을 찾아본 세바스찬은 오
히려 도멜을 밀어붙였다.

"도베르만 멋있잖아! 도멜로 가자."

기를 쓰고 도멜을 밀어붙이는 세바스찬을 무시한 무혁은
로미에게 물었다.

"유리아 여신의 이름을 카페에 붙이면 불경이겠지?"

"상관없어요. 여신님은 그렇게 편협한 분이 아니에요."

겪으면 겪을수록 마음에 드는 여신이다.

'예수나 마호메트란 이름의 카페를 차리면 난리가 나겠
지?'

무혁은 카페 이름을 유리아로 결정했다.

그 과정에서 세바스찬이 격렬하게 반발했지만 사뿐히 무
시해 주었다.

*　　　*　　　*

몇 주간의 공사 끝에 카페 유리아가 문을 열었다.

첫 손님은 김 사장이었다.

"정말 멋진 생각입니다. 뙤약볕에 여러분을 따라다니는 일이 보통은 아니거든요."

"여러분이 자리를 차지하고 있으면 곤란하다구요."

"눈치껏 하겠습니다. 그나저나 시원한 아이스 아메리카노한 잔 주십시오. 샷 추가해 주시구요."

"그보다 유리아만의 특별 메뉴를 드시는 편이 어떻습니까?"

"전 커피가 좋은데……."

"후회하지 않으실 겁니다."

"그럼 그걸로 주십시오."

"넥타르라고 합니다."

무혁은 넥타르를 마시는 김 사장을 유심히 관찰했다.

'개개인마다 취향이 있게 마련이니…….'

그러나 걱정은 기우였다.

김 사장은 넥타르에 열광했다.

"이거, 이거, 좋군요. 정말 좋아요. 갈증이 단방에 사라집니다."

"한 잔 더 드시겠습니까?"

"당연하죠. 몇 잔이라도 먹겠습니다."

"저희는 선불입니다."

"쩨쩨하시군요."

"생활력이 강하다고 해주십시오."

"하긴 전 재산을 투자하셨으니⋯⋯. 까짓것 주시는 김에 10잔 주십시오. 한 잔은 여기서 마시고 나머지는 테이크아웃입니다. 우리 동생들도 맛을 봐야죠."

김 사장은 무혁의 재산 변동 사항을 알고 있었다.

예상은 했지만 살짝 짜증이 난 무혁은 핵심을 짚었다.

"물론 계산은 법인카드겠죠?"

"당연합니다. 전 누구랑 달리 가난한 공무원이니까요."

"⋯⋯."

세상에서 제일 힘든 일이 남의 주머니 속 돈을 내 주머니로 옮기는 일이란 말은 허언이 아니었다.

첫날 손님은 김 사장을 포함해 4명이었다.

"너무 적어요. 망하겠어요."

"걱정하지 마. 넥타르가 있잖아."

"김 사장 아저씨 빼면 다른 손님들은 넥타르를 시키지 않았어요."

바로 그 점이 문제였다.

아무리 좋게 말해도 로미가 내리는 커피는 형편없었다. 그

나마 손님들이 로미와 세바스찬의 외모에 열광이어서 다행이
지 아니라면 로미의 말처럼 망하기 딱 좋은 환경이다.

 '카페 유리아의 주 수입원은 어디까지나 넥타르!'

무혁은 결정을 내렸다.

"내일부터는 손님에게 얼음물 대신 넥타르를 제공하자."

"그렇게 되면 돈을 벌 수 없잖아요."

"미끼 상품이야."

"미끼요? 넥타르로는 낚시를 할 수 없어요."

많이 적응했다고 하지만 본질적으로 로미는 생텀인이다.
그녀는 지구인에게는 상식이나 다름없는 미끼 상품에 대한
인식이 전혀 없었다.

설명을 들은 로미는 그래도 걱정을 떨쳐 버리지 못했다.

"먹고 안 오면 어떻게 해요."

"맛이 없으면 그렇지만 넥타르는 안 그렇잖아. 게다가 원
가도 거저나 다름없고."

"유리아 여신님의 신성력은 싸구려가 아니에요."

"미안, 미안, 그런 뜻이 아니야."

"하여튼 알았어요. 그렇게 해요."

말 한마디 잘못했다가 혹을 붙인 무혁이다.

오전 10시 카페 유리아의 문을 연 무혁은 김 사장을 발견

했다.

"김 사장님."

"하하하하."

김 사장이 멋쩍은 듯 머리를 긁었다.

"제가 빨리 왔나요?"

"무슨 일이라도 있습니까?"

"전 아메리카노로 하루를 시작한답니다."

"그렇군요. 어서 들어오세요."

그런데 정작 김 사장이 주문한 것은 아메리카노가 아니라 넥타르였다.

"아메리카노라고 안 하셨나요?"

"그냥 넥타르가 마시고 싶네요."

김 사장은 자신도 영문을 모르겠다는 듯 고개를 흔들며 넥타르 10잔을 사서 사라졌다.

카페 유리아 오픈 이틀째 첫 손님은 20대 중반의 젊은 여성 두 명이었다.

그들은 로미의 미모에 한 번 놀라고 세바스찬의 외모에 경악했다.

"테이크아웃하지 말고 마시고 가자."

"동감이야."

무혁은 세바스찬에게 눈치를 주었다.

세바스찬은 우아한 몸짓으로 두 사람에게 다가가 넥타르를 내려놓고 주문을 받았다.

"레이디, 저희 카페 유리아의 특제 음료 넥타르입니다. 물처럼 보이나 물이 아니니 시음해 보십시오."

"아… 네."

"네, 네, 네."

"그럼 레이디, 주문은 어떻게 하시겠습니까?"

"……"

"……"

레이디란 단어는 마법과 같은 효과를 만들어 냈다.

"아~ 아… 네……. 전 자몽주스를 주세요."

"난 카라멜 마끼아또를……."

"잠시만 기다리십시오, 레이디."

두 여성은 서로를 바라보더니 말없이 넥타르가 담겨 있는 유리잔을 집어 입으로 가져갔다. 무척이나 목이 탄 모양이었다.

"……?!"

"어머… 이게 뭐야!!"

단숨에 잔을 비운 두 여성은 동시에 세바스찬을 불렀다.

"한 잔 더 주실 수 있나요?"

"시음용은 한 잔만 제공됩니다. 죄송합니다."

"아……."

"그렇군요."

세바스찬은 무혁에게 배운 대로 행동했다.

"그럼 주문을 취소하고 넥타르를 드릴까요?"

"그렇게 해주세요."

"저두요."

처음부터 자몽주스와 카라멜 마끼아또는 만들지도 않은 로미다.

두 여성은 각자 두 잔의 넥타르를 더 마시고도 사진도 찍고 세바스찬도 힐끔거리며 바라보다가 사라졌다.

그 후로도 비슷한 일이 이어졌고 모든 손님이 물 대신 제공된 시음용 넥타르에 만족해했다.

반응은 좋았지만 절대적인 손님의 숫자는 아직도 부족했다.

카페 유리아 오픈 이틀째 손님은 모두 6명이었고 매출은 11만 원이었다. 그리고 그나마 그중에서 5만 원은 김 사장이 올려준 매출이었다.

오픈 3일째 카페 유리아의 첫 손님은 김 사장이 아니었다.

김 사장은 길게 늘어선 줄 뒤편에서 안타까운 얼굴로 무혁을 바라보고 있었다.

줄의 대부분은 젊은 여성이었다.

그녀들은 문을 연 무혁을 아래위로 훑어보며 말했다.

"어머~ 블로그에는 조각 같은 금발 미남이 서빙을 본다고 했는데……."

"그러게……."

"이 집이 아닌가……."

기분 같아서는 소금이라도 뿌리고 싶었다.

'말꼬리를 흘리지 말라고…….'

무혁은 억지 미소를 지으며 뒤로 비켜났다.

"세바스찬! 네가 맡아라."

세바스찬의 등장은 무혁을 보고 한껏 기분이 나빠졌던 여성들의 기분을 풀어주었다.

"레이디들, 카페 유리아 오픈합니다. 환영합니다."

"꺄!"

"꺄꺄!"

아이돌을 본 중고 여학생들의 비명 소리다.

황당해하는 무혁에게 김 사장이 다가왔다.

"무슨 일입니까?"

"저도 영문을 모르겠습니다."

"줄서서 기다리다 들었는데 블로그 운운하던데요."

"블로그요?"

무혁은 스마트폰으로 카페 유리아를 검색해 보았다.

한 맛집 블로거의 게시물에 카페 유리아가 등장했다.

오늘 이웃 루시 님이랑 카페 유리아에 다녀왔어요.

카페 유리아는 한남동 골목길에 있는 작은 카페예요.

지중해풍의 인테리어는 만족스러웠어요.

하긴 요즘 생기는 카페들치고 인테리어가 엉망인 곳은 없죠.

고객을 사로잡는 인테리어는 기본이니까요.

루시님은 자몽주스를 시켰구요,

전 카라멜 마끼아또를 시켰어요.

이웃님들은 아시다시피 전 달다구니 대마녀잖아요.

그런데!

서빙을 보는 분(!!!)이—느낌표에 주목하세요—카페 유리아만의 특제 음료라면서 넥타르라는 걸 시음해 보라고 주셨어요.

이웃님들도 아시다시피 저 외국도 나가볼 만큼 나가본 여자잖아요.

그런데 이런 음료는 단 한 번도 접한 기억이 없어요.

어떻게 설명해야 할까요?

마라톤을 완주하고 마시는 물 한 모금?

사막을 횡단한 뒤 마시는 오아시스?

어떤 말로도 설명할 수 없어요.

칭찬이 심하다구요?

그럴 수밖에 없어요. 그만큼 맛있으니까요. 저와 루시 님이 주문을 취소하고 넥타르로 바꿔 주문했을 정도로 말이죠.

그런데 사실 카페 유리아에는 넥타르보다 더 멋진 것이 있어요.

카페 유리아는 특이하게도 서버분이 금발의 서양 남자분과 여자분이에요.

아까 제가 서버분에 느낌표 찍는 것 보셨죠?

전 맛집 블로거니까 설명은 생략할게요.

직접 가서 맛보고 서버분도 감상(!)하세요.

강추입니다.

이렇게 된 일이었다.

무혁은 김 사장에게 말했다.

"대단하달까… 황당하달까……. 뭐라 표현하기가 힘들군요."

"SNS의 위력이죠."

"누군가 그랬죠. SNS는 인생의 낭비라구요."

"뭐~ 어떻습니까? 이렇게 손님만 많으면 장땡 아닙니까."

"하긴요. 오늘도 넥타르입니까?"

"그렇습니다만……."

김 사장은 10잔의 넥타르를 사서 카드로 5만 원을 결제하고 사라졌다.

그 5만 원은 오픈 3일째 카페 유리아가 올린 매출의 30분지 1이었다.

오픈 4일째, 카페 유리아는 500만 원의 매출을 올렸다.

이 500만 원은 카페 유리아가 물리적으로 올릴 수 있는 최대치의 매출이었다.

*　　*　　*

오픈 일주일째, 장사진이란 말이 어울릴 정도로 인파가 몰려들었다.

그리고 몇 명의 남자가 무혁을 찾아왔다.

그들은 카페 유리아의 이름으로 체인점 사업을 하자고 제안했다. 당연히 모든 제반 비용은 자신들이 댄다는 조건이었다.

무혁은 일행과 이야기 끝에 그들의 제안을 정중히 거절했다.

"대신 다른 문제로 의논 할 일이 있어."

"말씀하세요."

"아르바이트 직원을 썼으면 해서. 돈도 좋지만 요즘 너무 카페에 매달리고 있잖아."

무혁의 의견은 안 그래도 미어터지는 손님으로 한계점에 도달해 있던 일행에게 환영을 받았다.

이제 문제는 아르바이트생이었다.

'생각해 보니 싸고 좋은 아르바이트생이 있잖아.'

무혁은 김 사장에게 두 명의 요원을 카페 유리아에 상주시키는 안을 제의했다.

김 사장도 환영이었다. 그는 가장 나이가 어린 남자 요원과 여자 요원을 파견해 주었다.

제10장

구울

Sanctum

봄의 끝자락과 여름의 시작이 겹쳐 있던 어느 날, 다른 날처럼 아침 운동을 마치고 돌아온 무혁과 세바스찬을 올리비아와 말콤이 기다리고 있었다.

말콤이 세바스찬의 등에 업혀 있는 무혁을 보며 말했다.

"자네가 그쪽 취향인지 몰랐네."

무혁은 세바스찬의 등에서 내리며 대꾸했다.

"그럴 리가요. 무슨 일이십니까? 새벽부터……."

대답은 올리비아가 했다.

"여러분이 잘 지내고 있는지 궁금해서 들렀어요."

"저희야 잘 지냅니다."

"정말 그렇더군요. 넥타르 너무 좋아요."

올리비아는 넥타르를 마시고 있었다.

"우선 샤워부터 해도 될까요?"

"상관없어요. 제가 볼일이 있는 사람은 로미 신관님과 세바스찬 남작님이니까요."

"그럼 대화 나누십시오."

니콜이 불안한 표정의 로미 옆에 앉아 있는 모습이 보였다.

살짝 소외감이 느껴졌다.

그러나 어쩔 수 없다.

'말이 좋아 옵저버지 난 가이드라구.'

무혁은 자신이 생텀 코퍼레이션의 불청객이란 사실을 잊지 않았다.

찬물로 샤워를 하고 나자 쑤시던 근육들이 활기를 되찾았고 배도 고팠다.

배를 채우기 위해 식당으로 가려면 응접실을 지나야 한다.

다섯 사람의 대화에 방해가 될까 잠시 망설인 무혁은 올리비아가 특별히 자리를 비켜달라는 말을 하지 않았음을 기억해 냈다.

'뭐, 들어서 안 되는 이야기면 말을 하겠지.'

걱정과 달리 응접실의 다섯 사람은 누구도 무혁의 등장에 관심을 두지 않았다.

응접실의 분위기는 냉랭했다.

로미는 광채에 휩싸여 기도를 하고 있었다.

"만물을 창조하시고 관장하시는 나의 여신님… 저에게 힘을 주세요."

세바스찬은 화가 났는지 분에 못 이겨 씩씩대고 있었다.

"당장 갑시다. 그런 악마들이 설치는 걸 두고 볼 수 없습니다."

그런 세바스찬을 말콤이 만류했다.

"그렇게 흥분만 할 일이 아니야. 계획을 세워야지."

"계획은 무슨 계획입니까? 그냥 박살 내면 그만인 것을……."

니콜은 눈을 감고 무언가 생각에 잠겨 있었다.

무혁과 올리비아의 눈이 마주쳤다.

올리비아가 시선을 피했다.

무혁은 다시 한 번 소외감을 느꼈다.

소외감이 배고픔을 잊게 만들었다. 대신 목이 탔다.

꿀꺽, 꿀꺽!

차가운 물 한 잔으로 갈증을 달래고 있노라니 올리비아가 다가왔다.

"저도 물 한 잔 주시겠어요?"

"그러죠."

"아니, 물보다는 맥주가 좋겠어요."

"아침 7시입니다."

"어제부터 마셨다고 생각하면 그만이에요."

"천재적인 발상입니다."

올리비아에게 맥주를 건넨 무혁은 자신도 맥주 한 병을 땄다.

맥주를 한 모금 마신 올리비아가 말했다.

"무혁 씨가 도와줘야 할 일이 있어요."

"전 생텀 코퍼레이션에서 월급을 받는 회사원입니다. 위에서 까라면 까야 하는 서글픈 존재죠. 게다가 올리비아 씨는 제 상관 아닙니까?"

"까라면 깐다. 한국인들의 정서는 이해하기 힘든 부분이 있군요. 어쨌든 들어보고 결정하세요. 장담하지만 쉬운 결정은 아닐 거예요."

"일단 들어보죠."

"이틀 전 밤 12시를 기해 무혁 씨도 아는 울도와 모든 연락이 끊어졌어요. 연락이 안 되자 육지에 사는 울도 주민의 가족들이 신고를 했죠. 해경이 출동했는데 울도 전체가 검은 안개에 휩싸여 있는 것을 발견했어요. 그리고 해경 경비정 역시 부두에 접안한다는 통신을 마지막으로 연락이 끊겼구요."

"또 게이트가 잘못 열려서 오크나 다른 이상한 몬스터라도 튀어나온 겁니까?"

"최근 일주일 동안 정기 점검 일정이 있어 터널게이트를 작동시키지 않았어요."

"그렇다면……."

"로미는 그 현상을 투르칸 신의 권능이 지상에 선포된 증거라고 믿고 있어요."

"투르칸이라면 생텀의 13신 중 죽음의 신의 이름 아닙니까?"

생텀에는 생명의 신이자 주신인 유리아 신과 죽음의 신인 투르칸 신을 비롯해 13좌의 신이 있다.

열셋씩이나 되는 신의 이름을 모두 외울 수는 없었지만 유리아 여신과 투르칸 신의 이름만큼은 똑똑히 기억하고 있다.

"알고 있었군요. 맞아요. 로미의 말에 의하면 투르칸 신의 신관, 그것도 고위신관이 아니면 신의 권능을 지상에 선포할 수 없다고 하더군요."

"선뜻 이해하기 힘들군요. 로미와 세바스찬은 지구에 온 최초의 생텀인입니다. 그런데 어떻게 투르칸의 신관이 그런 일을 벌일 수 있다는 말입니까?"

"나도 그 점이 의문이에요."

올리비아는 자신도 이유를 모르겠다고 말했다.

무혁은 올리비아의 눈이 흔들리는 걸 보았다.

무언가 숨기고 있었다.

기자 특유의 호기심이 발동했다.

"뭔가……."

그러나 무혁은 다가온 말콤 때문에 질문을 끝마치지 못했다.

"문무혁 씨!"

"아, 네."

"연구소장님께 이야기는 들었겠지?"

"그렇습니다만……."

"문제야 문제. 거~ 맥준가? 나도 한 병 달라구."

맥주를 받아 든 말콤은 단숨에 병을 비운 후 말했다.

"캬~ 좋다. 문제는 역시 검은 연기야. 4단계 바이오해저드용 S등급 기밀방호복을 입은 요원들을 투입했는데도 소식이 끊겼어."

"……."

검은 안개와 죽음.

갑자기 등골이 오싹해졌다.

언제부터인가 무척 민감해진 온몸의 감각들이 위험신호를 보내왔다.

올리비아가 말했다.

"로미의 말이 사실이라면 문제가 심각해요. 신의 권능을 인간이 저지할 방법이 없으니까요."

"그야… 그렇겠죠."

"때문에 울도를 정화시킬 수 있는 능력을 가진 사람은 로미뿐이에요. 로미는 죽음의 신의 대척점에 서 있는 생명의 신을 모시는 신관이니까요."

"……."

"로미는 기꺼이 울도에 가주겠다고 말했어요. 세바스찬도요. 이유는 모르지만 세바스찬도 투르칸의 신관에게 엄청난 적의를 가지고 있더군요."

이야기가 계속될수록 점점 불안해졌다.

"혹시……."

"단도직입적으로 부탁할게요. 무혁 씨, 울도에 가줘요."

"네?"

"솔직히 나도 내키지 않아요. 하지만 로미가 말하길 당신이 함께 가지 않으면 자신도 가지 않겠다고 하네요."

"……."

무혁은 할 말을 잊어버렸다.

'내가 로미에게 잘못한 일이 있던가?'

아무리 생각해도 그런 일은 없었다.

무혁은 로미를 바라보았다.

로미는 기도를 끝내고 단정하게 앉아 무혁을 바라보고 있었다.

　로미의 눈빛 속에서 어떤 간절함이 느껴졌다.

　'저런 눈빛이면 거절할 수 없잖아. 젠장, 로미가 날 죽이려는 속셈이 아니라면 무슨 생각이 있겠지.'

　무혁은 올리비아의 부탁을 승낙하고 말았다.

*　　　*　　　*

　무혁과 로미와 세바스찬은 올리비아가 알려준 대로 평택항으로 향했다.

　니콜도 강력하게 울도행을 희망했지만 로미의 승낙을 얻지 못했다.

　"다녀오면 니콜의 화를 풀어줘야 할 거야. 엄청 화가 난 모양이었어."

　"어쩔 수 없어요. 내 생각이 사실이라면 니콜 언니는 섬에 접근하는 순간 죽어요."

　"나는?"

　"오빠는 여신님의 각별한 사랑을 받고 있잖아요."

　"내가?"

　"여신님은 오빠를 투르칸 신의 품에서 구해냈어요. 그렇게

행하신 데에는 분명히 어떤 깊은 뜻이 있을 거라 믿어요."

"신의 뜻이라……. 난 잘 모르겠다."

"모르는 게 당연하죠. 신의 뜻이니까요."

"……."

지구나 생텀이나 같다.

어떤 일에 종교가 개입되면 원인이고 이유고 결과고 모두 신의 뜻으로 귀결된다.

'어쨌든 그 잘난 신의 얼굴이나 한번 봤으면 좋겠다.'

그래야 속이 편해질 것 같았다.

약속 장소에는 검은 양복에 검은 선글라스를 쓴 남자 한 명이 무혁을 기다리고 있었다.

"김 사장님이셨네요."

"따라오시죠."

김 사장의 승용차를 뒤쫓아 도착한 장소는 평택의 해군 3함대 사령부였다.

미리 통보가 있었는지 입구의 군인들은 김 사장의 차와 무혁 일행의 차를 검문도 안 하고 통과시켜 주었다.

차는 계속 달려 기지 한편에 있는 헬기장으로 향했다.

헬기장에는 시동을 건 링스 헬기가 일행을 기다리고 있었다.

차에서 내리자 김 사장은 더플 백 세 개와 길쭉하고 납작한 하드 케이스 하나를 넘겨주었다.

"더플 백에는 완전 밀폐형 방호복이 들어 있습니다."

무혁에게 밀폐형 방호복에 대한 설명을 들은 로미가 고개를 저었다.

"우린 필요 없어요."

로미는 가지고 있던 가방을 들어 보였다.

세바스찬도 거대한 가방을 내밀었다.

"정말 괜찮겠습니까? 제가 들은 정보에 의하면 울도에는……."

"괜찮아요."

"여러분의 요구를 무조건 들어주라는 명령을 받았으니 어쩔 수 없군요."

김 사장은 어쩔 수 없다는 듯 어깨를 한 번 으쓱하고는 무혁에게 말했다.

"군에서 쓰셨던 저격 소총입니다. 다른 놈보다는 익숙한 물건이 좋을 것 같아 준비했습니다."

케이스를 열어보니 영국 어큐러시 인터내셔널(Accuracy International)사의 AWSM이 검은 몸체를 드러냈다.

.338 라푸아 매그넘탄을 사용해 2009년 영국 저격수가 아프가니스탄에서 무려 2,457m의 장거리 저격을 성공시킨 바

있는 명총이다.

총번을 확인하니 고맙게도 무혁이 군 시절 사용하던 바로 그 총이기까지 했다.

"고맙습니다."

"가시죠."

김 사장과 일행은 링스 헬기에 올랐다.

당연한 이야기지만 조종사는 뒤 한 번 돌아보지 않고 일행을 유령 취급했다.

링스 헬기는 20여 분을 날아 울도 인근 해상에서 대기 중이던 2함대의 기함인 을지문덕함에 착륙했다.

헬기가 도착했지만 을지문덕함 역시도 쥐죽은 듯 조용했다.

"보안이 철저하군요."

"사안이 사안 아닙니까."

"이제 어떻게 해야 합니까?"

"고속단정이 준비되어 있습니다. 조종하실 줄 아시죠?"

"네, 압니다."

"그럼, 전 여기까지입니다. 건투를 빕니다."

고속단정에 탄 일행은 울도로 향하기 전에 각자 준비 시간을 가졌다.

무혁은 생텀 코퍼레이션에서 지급받은 아티팩트를 착용하고 그 위에 군복을 입었다.

로미 역시 사제 복장을 차려입었고 세바스찬도 풀 플레이트 갑옷을 로미의 도움을 받아 걸쳤다.

무혁은 AWSM에 장탄을 하며 물었다.

"자, 오긴 왔는데, 이제부터 어쩔 셈이야? 그냥 나 죽여줍쇼 하며 섬으로 가진 않겠지?"

"그럼요. 여길 보세요."

로미는 황금홀을 높이 들고는 주문을 외우기 시작했다.

"라코르디노 가리나스 에보단테 코룸 바이 티아 유리아!"

주문은 인간이 아무리 노력해도 절대로 따라할 수 없는 어떤 울림을 가지고 있었다.

울림이 고즈넉한 저녁 무렵 오래된 성당에 울려 퍼지는 성가처럼, 혹은 고요한 산사에 울려 퍼지는 목탁 소리처럼 긴장한 심장의 떨림을 부드럽게 어루만져 주었다.

'좋은걸……. 녹음해서 팔면 대박이겠다.'

이윽고 주문이 끝나자 이제는 익숙해진 빛이 고속단정을 감쌌다 사라졌다.

살짝 홍조 띤 볼을 어루만지며 로미가 말했다.

"됐어요."

"겨우 이걸로?"

빛만으로 무슨 도움이 될까 싶었다.

시큰둥한 무혁과 달리 세바스찬의 반응은 놀라웠다.

꽝!

꽝!

그는 흔들리는 고속단정에서 벌떡 일어나더니 한쪽 무릎을 꿇고 건틀릿을 낀 손으로 가슴을 때리며 소리쳤다.

"세바스찬 폰 도멜! 여신님의 축복을 일생의 광명으로 삼고 제 모든 것을 여신님의 영광을 드높이는 일에 바치겠습니다."

"고마워요, 기사님."

맹세를 마친 세바스찬이 무혁의 어깨를 툭 치며 말했다.

"모르긴 몰라도 유리아 여신의 축복을 받은 인간은 최근 100년 사이에 형과 내가 최초일걸?"

"좋은 건가?"

세바스찬은 답답하다는 표정을 감추지 않았다.

"좋다는 말로는 부족하지. 유리아 여신님의 축복은 9서클 마법사의 버프에 더해 독과 정신계 마법을 비롯한 온갖 사악한 마법에 저항할 수 있는 힘을 준다구. 마침 좋은 게 있네. 이걸 부러뜨려 봐."

무혁은 세바스찬이 건네준 비상용 노를 받아 들었다.

노의 자루는 단단한 알루미늄 합금제로 인간이 굽힐 수 있는 물건이 아니었다.

무혁이 망설이자 세바스찬이 다시 재촉했다.

"어서 해보라구."

"끙."

무혁은 자루를 잡고 힘을 주었다.

알루미늄 자루가 가래떡처럼 힘없이 구부러졌다.

"거봐, 내 말이 맞지?"

"이 팔찌 때문에 힘이 세진 것 아니야?"

무혁은 OPB를 내밀었다.

"어? 파워 브레이슬릿이잖아? 3서클 마법사가 생계용으로 인챈트 한 물건 정도 되어 보이네."

"나쁜 거냐?"

"나쁘진 않지만 좋지도 않아. 전장에서 잔뼈 굵은 용병이라면 하나쯤은 가지고 있는 물건이니까. 하여튼 여신님의 축복을 이런 쓰레기하고 비교하지 말라구."

"크, 알았다, 알았어."

어쨌든 가진 힘 이외에 여분의 힘이 더해진 건 고마운 일이다.

그 힘이 가진 힘보다 더 강하다니 더더욱 그렇다.

무혁은 잠시 꺼두었던 엔진을 다시 건 후 검은 안개에 휩싸여 희미하게 형체만 드러내고 있는 울도를 향해 고속단정을 몰아갔다.

유리아 여신이 내려준 축복의 힘은 대단했다.

자욱한 안개 속이지만 무혁의 시야는 평소와 다름없었다. 아니, 그 정도가 아니라 마치 고배율 망원경을 장착한 것처럼 맑기까지 했다.

울도에 다가갈수록 썩은 냄새가 코의 점막을 자극했다.

생선을 10년 정도 썩힌 다음 역시 10년 동안 빨지 않은 걸레와 함께 10년 동안 삭힌 거름에 처박은 듯한 냄새다.

냄새가 얼마나 지독한지 머리가 지끈지끈 아팠다.

"여신의 가호가 냄새는 어떻게 해주지 않나 보네."

"대신 여신님의 가호가 없었다면 무혁 오빠는 이미 썩은 고름으로 변했을 거예요."

"……."

로미는 심각하게 말했다.

"저도 단지 고문헌에서 읽었을 뿐이지만 이곳은 부패의 대지(Land of rot)임이 분명해 보여요. 투르칸 신의 악의가 부패로 발현된 대지죠. 이 악의는 너무도 짙어서 지상의 모든 생명체를 썩게 만들어요."

"그렇다면 섬의 주민 모두가 온몸이 썩어 문드러져 죽었단 말이야?"

"슬프지만… 그래요."

"환장하겠네. 그럼 이제 어떻게 하지?"

"이 섬을 더럽힌 투르칸의 신관을 찾아야죠. 그를 잡지 못하면 이 섬은 영원히 투르칸에게 바쳐진 현세의 지옥으로 남을지도 몰라요."

서해 한복판에 썩어 악취를 풍기는 섬 하나.

생각만으로도 기분이 나빠졌다.

"좋아, 그렇다면 작전을 세우자."

세바스찬의 생각은 달랐다.

"작전은 무슨 작전, 최대한 빨리 돌입해서 목을 싹둑 베어버리면 되는 일이야."

"웃기는 소리하지 마. 적은 로미와 같은 신관이야. 게다가 고위신관이라고 했잖아. 멋도 모르고 무대포로 쳐들어갔다간 무슨 꼴을 당할지 모른다구."

"그래도……."

"그래도는 무슨 그래도야. 넌 전사지만 난 너희들의 가이드라구. 가이드 말을 듣지 않는 여행객은 없는 법이야."

"언제는 옵저버라며?"

"사소한 일에 일일이 신경 쓰면 오래 못 살아. 그냥 잊어."

큰소리는 쳤지만 작전은 단순했다.

"세바스찬이 앞장서고 로미는 후위를 맡아. 난 엄호를 할 테니. 우선 마을부터 살펴보자."

불길한 기운을 뿜어내는 검은 안개를 제외하면 마을은 평
온해 보였다.

하지만 조금만 주의를 기울이면 상황은 심각했다.

우선 마을 어귀를 흐르는 개울이 검은 곤죽으로 변해 있었
다. 곤죽의 정체는 산을 뒤덮고 있던 숲이 썩어 흘러내린 결
과물이었다.

할아버지 할머니들의 쉼터였을 마을 회관 앞 공터도 처참
했다.

태양을 가릴 그늘을 만들어주던 당산나무는 반쯤 썩어 흘
러 공터를 채우고 있었다.

'지독해.'

아니, 지독하다는 표현은 사치였다.

무혁의 가슴속에서 작은 불길이 타올랐다.

그 불꽃의 정체는 분노였다.

참기 힘든 분노가 무혁의 심장을 격렬하게 뛰게 했다.

그때였다.

무혁은 마을 회관에서 일행을 향해 다가오는 작은 그림자
를 발견했다. 그림자의 정체는 시골 어디서나 흔히 볼 수 있
는 누렁이, 속칭 똥개였다.

그러나 그냥 개는 아니었다.

개는 절반쯤 썩은 상태여서 누런 이빨이 훤히 드러났고 배에서 흘러나온 내장이 땅에 끌리고 있었다.

개의 모습을 확인한 로미가 소리쳤다.

"세바스찬, 조심해요. 구울이에요."

"구울? 그 저주받은 마물이 어떻게 여기에……."

세바스찬이 바스타드 소드를 치켜들었다.

구르륵~!

그 행동이 신호라도 되는 것처럼 개가 개답지 않게 골골거리며 세바스찬에게 달려들었다.

"끙차!"

가벼운 기합과 함께 세바스찬의 바스타드 소드가 붉은빛을 내며 허공을 갈랐다.

서걱!

구륵~~!

몸서리쳐지는 절삭음과 함께 개의 몸이 둘로 갈라졌다.

"흡!"

세바스찬의 바스타드 소드는 멈추지 않았다. 다시 몇 번의 번쩍임이 있었고 개는 썩은 고기 토막으로 변해 버렸다.

로미의 표정은 한층 더 심각해졌다.

"좋지 않아요. 정말 좋지 않아요."

로미의 말은 현실로 나타났다.

"빌어먹을……."

세바스찬이 내려놓았던 바스타드 소드를 다시 들었다.

무혁은 할 말을 잊어 버렸다.

골목에서, 집에서 사람들이 몰려나오고 있었다.

'아니, 사람이 아니야. 저건… 절대 사람이라고 할 수 없어.'

썩고 흘러내리고 여기저기 뼈가 보이는 사람은 대부분이 늙은 노인이었다.

그들은 평생을 바다와 함께 살아온 울도의 할머니, 할아버지가 분명했다.

울화통이 터졌다.

저들은 개처럼 조각나 죽어서는 안 되었다.

무혁은 구울로 변한 사람들에게 천천히 다가가고 있는 세바스찬에게 소리쳤다.

"뒤로 물러나. 그들을 해치면 안 돼."

일행은 마을에서 벗어나 해변으로 뛰기 시작했다. 다행히 구울들의 움직임은 그리 빠르지 않아 일행이 고속단정을 묶어둔 해변에 도착했을 무렵에는 모습이 보이지 않았다.

"아까도 들었지만 구울이 도대체 뭐야?"

"네크로맨서가 주술로 만드는 언데드의 일종이에요. 인간의 몸으로 만들죠."

"네크로맨서는 또 뭔데?"

"귀신과 영혼, 시체를 부리는 마법사이자 투르칸 신의 신관의 별칭이에요."

무혁은 자신이 읽었던 판타지 소설을 떠올렸다.

"일종의 흑마법사 같은 건가? 아니, 지금은 중요한 건 그게 아니지. 로미, 저 사람들을 원래대로 되돌릴 수 있는 방법은 없을까? 움직인다는 것은 완전히 죽지 않았다는 말이잖아. 유리아 여신의 축복 같은 것 말이야. 생명의 여신이라면서."

"있긴 하지만……. 쉽지 않아요."

"말해봐."

"우선 네크로맨서부터 잡아야 해요. 더해 부패의 대지를 선포하는 데 사용된 디바인 마크도 파괴해야 하구요."

디바인 마크는 신성력이 깃든 물건, 즉 성물을 의미한다. 신의 영역을 선포하기 위해서는 디바인 마크가 필수적이다.

무혁은 맹렬히 머리를 굴렸다.

"네크로맨서를 찾을 수 있겠어?"

"저쪽 산 위에서 어둠의 마나가 강력하게 느껴지고 있어요."

로미가 가리킨 곳은 무혁도 잘 아는 장소였다.

"등대 말이군. 좋아, 이렇게 하자구."

무혁은 자신의 계획을 설명했다.

세바스찬은 천천히 마을로 걸어갔다.

몇몇 구울이 세바스찬을 발견하고 다가왔다.

구르르르.

구르르.

"부족해."

세바스찬은 구울을 피하기는커녕 바스타드 소드로 입고 있는 풀 플레이트 메일을 때려 굉음을 만들어냈다.

꽝!

꽝!

그러면서 소리쳤다.

"죽지도 살지도 못한 저주받은 마물들아. 나, 도멜 남작이 여기 있다."

소리를 들은 구울들이 몰려들었다.

구울의 숫자는 대략 40마리쯤으로 보였다.

"대충 됐겠지?"

세바스찬은 구울들과 일정한 거리를 두고 무혁이 알려준 마을 반대쪽의 서쪽 해변으로 이동했다.

구르르르.

구르르를.

"나~ 잡아~ 봐라~"

세바스찬은 연신 구울들을 도발했고 구울들은 그런 세바스찬을 뒤따랐다.

기묘한 행진이 시작되었다.

*　　　*　　　*

등대는 마을을 통하지 않고서는 갈 수 없는 위치에 있었다.

'무혁 오빠의 계획대로야.'

구울들이 세바스찬을 뒤따라 마을을 벗어나자 로미도 움직이기 시작했다.

검은 안개를 헤치며 홀로 산길을 걷다 보니 덜컥 겁이 났다.

'여신님, 도와주세요.'

로미는 떨리는 가슴을 억지로 부여잡고 등대를 향해 걸음을 옮겼다.

제11장

네크로맨서

등대 인근에 도착한 로미는 등대가 한눈에 내려다보이는 산등성이 바위 사이에 몸을 숨겼다.

등대는 그 자체로 H.R. 기거의 그림처럼 기괴하고 음산했다.

등대 앞 공터에 설치된 사각의 넓은 제단이 보였다.

제단 주위에는 검은 군복을 입고 고글을 쓴 일단의 남자가 분주히 움직이며 무언가를 나르고 있었다.

남자들은 모두 무혁이 가지고 있는 것과 비슷한 소총으로 무장한 상태였다.

'하나, 둘, 셋……'

남자는 모두 9명이었다.

로미는 그들 중 유일하게 로브를 입고 제단 위에 서 있는 남자에 주목했다.

머리까지 깊숙하게 로브를 둘러쓰고 있어 얼굴을 살필 수는 없었지만 그에게서 진한 어둠의 향기가 피어 나왔다.

'저 남자야. 저 남자가 네크로맨서야.'

제단이 완성되자 한 남자가 네크로맨서에게 다가갔다.

"카이탁 님, 준비가 끝났습니다."

"제물을 데려오고 모두 물러서라."

명령을 받은 남자가 지시를 내리기 시작했다.

"너, 그리고 너! 제물을 데려오고 나머지 인원은 모두 물러서라. 경계를 늦추지 마라."

명령을 받은 남자들이 대답도 없이 일사불란하게 움직였다.

그들의 움직임은 로미가 언젠가 구경했던 성당기사단의 움직임과 비슷했다.

'마나의 향기는 느껴지지 않지만 잘 훈련된 군인이 분명해.'

불안해진 로미는 뒤를 돌아봤다.

눈에 보이지 않아도 무혁은 저편 어딘가에서 자신을 지켜보고 있겠다고 말했다.

그 사실만으로도 안심이 됐다.

로미는 네크로맨서의 행동에 집중했다.

두 명의 남자가 제물을 데려왔다.

제물의 정체는 30대 초반쯤으로 보이는 젊은 남자였다.

로미는 남자를 알아보고 소스라치게 놀랐다.

'랜슨.'

랜슨은 말콤 휘하의 보안부 소속 요원으로 말콤과 함께 무혁을 구해 온 남자였다.

끌려온 랜슨은 약에라도 취했는지 아무런 반항을 하지 않았다.

네크로맨서는 랜슨을 제단 중앙에 앉혔다.

그리고 양손을 하늘로 치켜들고 주문을 외우기 시작했다.

'저건… 안 돼!!'

제단 위에는 원과 별과 다각형과 룬문자로 이뤄진 복잡한 마법진이 그려져 있었다.

'순간이동마법진!'

마법진의 용도를 안 순간 로미는 네크로맨서의 계획을 파악했다.

순간이동마법진을 사용하려면 도착지점의 정확한 3차원

좌표가 필요하다. 그렇지 않으면 땅에 파묻히거나 하늘에서 떨어져 묵사발이 될 수도 있기 때문이다.

그럼에도 불구하고 도착지점의 좌표를 모르면서 순간이동을 할 수 있는 방법이 존재한다.

순간이동 마법의 좌표 촉매로 도착지점을 방문한 적이 있는 인간의 생명을 사용하는 방법이다.

한 번 이동에 한 명의 생명이 필요하니 생팀의 대륙마탑에서는 이 방법을 흑마법으로 선포하고 금지했다.

네크로맨서와 랜슨과 순간이동마법진의 조합의 의미는 단 한 가지다.

'저자는 선갑도 기지로 가려는 거야.'

로미는 반지를 만지며 마음속으로 무혁을 불렀다.

[무혁 오빠, 제단의 의식을 막아야 해. 네크로맨서는 랜슨 씨의 생명을 이용해 선갑도로 가려고 해. 선갑도가 위험해.]

[오케이.]

무혁이 대답했다.

로미는 두 손을 맞잡고 제단을 바라보았다.

*   *   *

등대로부터 600m 정도 떨어진 바위에 몸을 감추고 있던 무혁은 로미의 경고를 듣자마자 AWSM으로 네크로맨서의 머리를 조준했다.

'오랜만인걸!'

울도에 상륙하기 전, 흔들리는 고속단정 위에서 영점조정을 겸해 몇 발 사격해 봤을 뿐이지만 추호도 명중을 의심하지 않았다.

'몸이 기억하고 있어.'

금속 특유의 차가운 총의 느낌이 몸서리치게 좋았다.

청춘의 한 장을 바쳐 깊은 우정을 쌓아 올린 오랜 친구를 다시 만난 느낌이다.

기분 좋은 흥분이 느껴졌다.

숨을 내쉰 무혁은 천천히 방아쇠를 당겼다.

풋슝!

AWSM의 총신을 초속 900m로 빠져나온 무게 16.2g의 .338 라푸아 매그넘 탄자가 네크로맨서의 머리에 명중했다.

"응?"

무혁은 경악했다.

당연히 쓰러져야 할 네크로맨서가 크게 휘청하더니 몸을 바로 했다.

'뭐냐?'

.338 라푸아 매그넘 탄은 대인, 대물 이중 목적 저격탄이다.

흔히 MG 50 혹은 캘리버 50이라고 부르는 중기관총용인 .50 BMG탄에 비해 위력이 약하지만 그것은 어디까지나 목표가 경장갑차 정도는 되어야 성립되는 말이다.

'인간의 머리에 할 말이 아니라구.'

무혁은 다시 한 발을 발사했다.

풋슝!

이번에도 결과는 같았다.

무혁은 로미를 호출했다.

[로미; 네크로맨서가 안 죽어.]

[쉴드 마법이 걸린 아티팩트를 가지고 있나 봐요. 어떻게 해요.]

무혁은 대화에 세바스찬을 호출했다.

[얼마나 걸려?]

[조금만 기다려. 5분이면 도착해.]

로미가 말했다.

[5분이면 늦어요. 순간이동마법진을 시동하는 데에는 1분도 안 걸려요.]

급박한 순간이다.

무혁은 제단을 바라보았다.

네크로맨서가 다시 랜슨의 머리에 손을 대고 있었다.

타타타탕!

타타탕!

타타타타탕!

군복을 입은 남자들이 움직였다.

남자들은 이곳저곳에 엄폐해 무혁이 있는 방향을 향해 제압사격을 해왔다. 동시에 그들 중 4명이 수풀 속으로 모습을 감췄다.

아마도 크게 우회해 무혁의 뒤를 칠 계획인 것 같았다.

'소음기를 사용했으니 총성을 들었을 리는 없는데……'

탄에 맞은 네크로맨서의 움직임을 보고 무혁의 위치를 파악했음이 분명했다.

'전문가들이야.'

로미의 떨리는 목소리가 들렸다.

[오빠, 어떻게 해. 저자가 선갑도로 들어가면 악몽이 펼쳐질 거야.]

무혁은 결정을 내려야 했다.

'랜슨.'

무혁이 랜슨을 모를 리 없다.

랜슨은 무혁에게는 생명의 은인이다.

하얀 이를 드러내며 사람 좋은 웃음을 짓던 랜슨이 생각났다.

'젠장.'

다른 방법이 없다.

로미가 저렇게 기겁을 할 정도면 저 네크로맨서가 선갑도로 들어갔을 때 벌어질 일을 감당할 수 없다.

'미안해요.'

무혁은 랜슨의 머리를 겨냥한 후 방아쇠를 당겼다.

풋슝!

랜슨이 슬로비디오처럼 천천히 몸을 뉘였다.

'정말 미안해요.'

무혁은 분노했다.

그 분노를 풀 대상이 필요했다.

'다 죽었어.'

그 순간 무혁은 민간인의 거죽을 벗어버렸다.

그리고 대한민국 국군 창설 이래 가장 뛰어나다고 평가받았던 특급저격수로 변신했다.

'다 죽었다구.'

무혁의 다짐은 현실로 증명되었다.

풋슝!

풋슝!

풋슝!

풋슝!

단 4발로 제단 부근에 엄폐하고 있던 4명의 남자가 피보라를 뿌리며 쓰러졌다.

랜슨이 죽고 자신을 호위하고 있던 남자들마저 쓰러지자 네크로맨서는 당황한 기색을 보였다.

네크로맨서가 빠르게 주문을 외웠다.

로미가 소리쳤다.

[저자가 도망치려고 해.]

세바스찬이 대답했다.

"누구 맘대로!!"

무혁은 붉은 섬광이 숲에서 튀어나와 일직선으로 제단을 향해 이어지는 모습을 보았다.

세바스찬이었다.

"넌, 죽었어!"

봉인하고 있던 본신의 실력을 드러낸 세바스찬의 모습은 천상의 군신처럼 아름다웠다.

숲에서 제단까지 단 한 번도 땅을 밟지 않고 도달한 세바스찬이 바스타드 소드를 힘차게 휘둘렀다.

스팟~!

세바스찬 특유의 붉은 오러가 멋진 반원을 그렸다.

반원의 중심부에는 네크로맨서의 목이 있었다.

서컹~!

네크로맨서의 머리가 중력을 무시하고 둥실 떠올랐다 떨어졌다.

무혁은 자신도 모르게 무릎을 쳤다.

"나이스!"

주먹을 쥐고 승리를 만끽하고 나니 자신의 행동에 대한 회의가 밀려왔다.

'너무 쉽잖아. 이렇게 쉽게 저런 괴물들의 존재를 인정해도 되는 건가? 게다가 난 방금 사람을 죽였잖아.'

그랬다.

무혁은 방금 5명을 죽었다.

그중 한 명은 자신도 안면이 있는 랜슨이다.

태어나 최초로 한 살인이다.

그럼에도 불구하고 별 느낌은 없었다.

오히려 강한 희열이 느껴졌다.

내면의 무언가가 변했다.

무혁은 그 변화의 시작을 알고 있었다.

'아무리 힘든 운동을 해도 바로 회복하는 내 몸.'

이런 현상의 시작은 죽음, 그리고 부활이었다.

갑자기 무서워졌다.

그러나 걱정은 나중이었다.

스스로를 두려워하기 전에 마무리 지을 일이 있었다.

무혁은 사냥을 시작했다.

사냥감은 당연히 조금 전 우회한 4명의 적이다.

예상대로 적들은 2명씩 나누어 좌우에서 무혁을 포위해 오고 있었다.

'너무 교과서적이잖아. 어설프다구.'

아티팩트와 로미의 축복에 힘입은 무혁의 힘과 체력은 올림픽 육상 종목을 모조리 석권하고도 여분이 남을 정도다.

달리듯 그대로 직진한 무혁은 크게 오른쪽으로 돌아 우측에서 다가오던 적들의 꼬리를 잡았다.

총 이동 거리는 400m 이상이었지만 무혁이 소요한 시간은 불과 1분 남짓에 불과했다. 이동 경로가 썩어 질척거리는 숲이라는 점을 고려하면 이는 경이적인 속도였다.

움직이고 있는 적을 포착하고 겨냥한 무혁은 망설이지 않았다.

'미안하다고는 안 하겠어.'

풋슝!

풋슝!

삽시간에 적 두 명을 쓰러뜨린 무혁은 다시 한 번 크게 원을 그리며 원래 잠복했던 사이트가 잘 보이는 위치로 이동했다.

좌측으로 우회해 온 적들은 무혁을 발견하지 못해 당황한 눈치였다.

무혁은 두 명의 적중에서 후방에서 무릎쏴 자세로 전방의 적을 엄호를 하고 있는 놈부터 처리했다.

풋슝!

풀썩~!

이제 남은 적은 한 명이다.

무혁은 신중하게 겨냥한 후 다시 한 발을 발사했다. 이번에는 적의 머리 대신 다리를 노렸다.

'녹슬지 않았어.'

남은 한 명의 적이 무릎을 부여잡고 쓰러졌다.

'이제 네가 누군지 이야기해 보자구.'

무혁은 적을 향해 달려갔다.

네크로맨서의 머리를 날려 버린 세바스찬은 로미부터 찾았다.

"신관님! 신관님!"

로미가 다가왔다.

"여기예요. 신관님이라고 부르지 말라고 했잖아요."

"이 상황에 그딴 호칭이 중요한 게 아니잖습니까? 아니… 아니잖아. 로미, 괜찮아?"

"괜찮아요."

로미는 무혁을 찾았다.

[무혁 오빠?]

[다 왔어.]

잠시 후 무혁이 반쯤 기절한 상태의 적을 데리고 제단에 나타났다.

무혁은 적에게 물었다.

"넌 누구냐?"

"……."

"어디 소속이지?"

"……."

"생텀에서 왔나?"

"……."

생텀이란 단어를 들은 남자의 눈빛이 처음으로 흔들렸다.

한가롭게 질문 따위를 던지고 있는 무혁이 답답했는지 세바스찬이 냅다 고함을 질렀다.

"나는 세바스찬 폰 도멜 남작이다. 내·질문에 대답하라. 너는 누구냐."

"……."

적의 얼굴에 '웬 미친놈이냐' 라는 마음이 그대로 드러났다.

"본남작의 인내심을 시험하지 마라. 당장 너의 정체를 밝혀라."

"……."

당장에라도 적을 때려죽일 것 같이 으르렁대는 세바스찬을 놔둔 채 무혁은 로미에게 물었다.

"속마음을 알아보는 마법은 없어?"

"그런 일이 가능하면 전 유리아 여신님의 종복이 아니라 투르칸 신의 종복이겠죠."

"아쉽네."

세바스찬은 그렇게 생각하지 않는 것 같았다.

"아쉽긴 뭐가 아쉬워. 매에는 장사가 없는 법이라구."

말릴 틈도 없이 세바스찬의 건틀릿 낀 주먹이 적의 관자놀이와 조우했다.

퍽!

"컥~!"

적의 머리가 거의 직선으로 땅에 처박혔다.

힘을 조절했는지 죽지는 않았지만 흰자를 드러내고 게거품을 무는 품이 보통 충격을 받은 것 같지 않았다.

"끄~ 으으윽~!"

"자식이~ 어디서 엄살이야."

세바스찬은 냉혹했다.

그는 작은 단검을 빼 들고 적의 손을 잡더니 심호흡 한 번 하지 않고 단숨에 검지를 잘라냈다.

서걱!

"끄아아악!"

"하나 더!"

서걱!

"끄으으윽!"

"아직도 손가락과 발가락은 많이 남았어. 아참, 코와 귀를 빼먹었네. 코와 귀가 서운해하면 안 되겠지? 결론은 아직 멀었다는 이야기야. 더 놀아보자구."

"껵~ 끄억!"

세바스찬이 다시 단검을 적의 손가락에 가져다 댔다.

분위기가 무르익었다.

나쁜 형사가 겁을 줬으니 착한 형사가 나설 차례다.

지켜보던 무혁은 타이밍을 맞춰 끼어들었다.

"자자, 애 무섭게 왜 그래."

무혁은 피가 철철 흐르는 적의 손가락을 주워 들었다.

"그래도 전문가의 솜씨라 그런지 잘 잘렸네. 빨리 병원만 갈 수 있으면 붙일 수 있을 것 같은데……."

"크으으으윽!"

"뭐하면 지금 당장 붙여줄 수도 있어. 로미?"

"네."

"이 아이 무릎부터 고쳐줘. 내가 조금 심하게 다뤄서 박살이 났거든."

눈치 빠른 로미도 역할극에 참여했다.

"싫어요."

"그러지 말고 해줘."

무혁은 일행의 대화 속에서 희망을 찾아냈는지 표정이 살짝 밝아진 적에게 물었다.

"너, 말 잘 들을 거지?"

적이 대답했다.

"넵."

"착하네. 이름이 뭐지."

"카를 데이버입니다."

"그래, 카를, 잘하고 있어. 그렇게만 해."

무혁은 카를을 칭찬한 후 로미에게 말했다.

"로미, 카를의 무릎을 고쳐줘야지?"

여전히 내키지 않은 표정으로 로미가 칼의 무릎에 손을 댔다.

빛이 생겨났다 사라졌다.

박살 났던 카를의 무릎이 생채기 하나 없이 깨끗하게 나았다.

네크로맨서와 함께 다녀서인지 카를은 로미의 기적을 경험하고도 그리 충격받지 않은 것 같았다.

좋은 일이다.

카를에게 경험이 많을수록 캐낼 정보도 많아진다.

무혁은 카를의 잘린 손가락을 흔들며 말했다.

"이번에는 손가락 차례야."

"넵."

"어디 출신이야?"

"뮌헨 출신입니다."

"독일인이군. 네 동료들도 마찬가진가?"

"아닙니다. 영국인도 있고 미국인, 프랑스인도 있습니다. 저희는 용병입니다."

"용병이라……."

"그렇습니다. 저희는……."

카를의 용병팀은 아프리카를 주 무대로 활동했다.

"이런 말 하기는 그렇지만 저희 팀은 최고입니다. 2년 전,

저희 팀은 르완다에서 투치족 특수부대를 훈련시키는 계약을 맺었습니다. 훈련은 순조롭게 진행되었습니다. 성과도 좋았습니다. 3개월에 걸친 훈련 과정이 끝나자 저희 팀은 마지막 과정으로 정글 생존 훈련만을 남겨두고 있었습니다."

비극은 한 투치족 병사로부터 시작되었다.

훈련에서 낙오되었던 그 병사는 죽은 것도 산 것도 아닌 괴물이 되어 집결지에 나타났다.

"그는 닥치는 대로 사람을 물었습니다. 물린 사람도 괴물이 되더군요. 불과 10분 만에 120명의 특수부대원 전원이 괴물로 변했습니다. 우리 팀은 살아남기 위해 우리 손으로 교육시킨 부하들을 처리해야 했습니다. 그 과정에서 15명이었던 팀이 12명으로 줄었습니다."

마지막 괴물을 처리하고 나자 네크로맨서가 나타났다.

카를은 목과 몸이 분리된 시체로 변한 네크로맨서를 가리키며 말했다.

"신께 맹세하지만 저놈은 절대로 인간이 아닙니다. 총으로도, 대검으로도 심지어는 수류탄으로도 죽일 수 없는 괴물이 인간일 리 없죠."

네크로맨서는 숨 쉬듯 편안하게 최강의 용병 4명의 목을 비틀었다.

"그리고 말했습니다. 자신의 종이 되라고요. 그 상황에서 어떤 선택을 할 수 있었겠습니까. 우린 허리를 굽혀 카이탁의 종이 되겠다고 맹세했습니다."

카를의 팀은 제네레티오(GENERATIO)라는 회사에 소속되었다.

3년 계약에 300만 불이라는 거금도 선불로 받았다.

"솔직히 잘됐다는 생각도 들었습니다. 카이탁의 뒤치다꺼리 비용치고는 차고 넘치는 거액이었기 때문입니다. 그런데 그 생각은 틀린 것이었습니다. 다시 말하지만 카이탁은 인간이 아닙니다. 악마입니다, 악마."

카이탁은 아프리카 정글 깊숙이 자리 잡은 오지마을을 찾아 주민들을 대상으로 갖가지 실험을 했다.

"말이 실험이지 그건 어떤 형용사로도 설명할 수없는 극악무도한 도살 행위였습니다. 하지만 우린 빠져나갈 수 없었습니다. 도망치는 순간 죽을 것을 알았기 때문입니다."

"울도에 온 이유는?"

"지금까지 한 실험의 마무리에 더해 어떤 장소에 가야 한다고 했습니다. 그 장소가 어딘지는 저도 모릅니다."

로미의 예상은 정확했다.

카이탁은 선갑도 기지에 침입하려 했다.

"로미, 손가락을 붙여줘."

"알았어요."

무혁은 카를의 손가락을 로미에게 넘겨주었다.

"그런데 디바인 마크는 어떻게 찾지?"

"저도 그 점이 걱정이에요. 카이탁이 죽은 이상 그가 어디에 디바인 마크를 묻었는지 알 수 없어요. 너무 늦으면 주민들을 되돌릴 수 없을지도 몰라요."

무혁의 눈에 단숨에 붙은 손가락을 보며 기뻐하는 카를의 모습이 잡혔다.

무혁은 별 기대 없이 물었다.

"너, 아는 거 없어?"

"그러고 보니 카이탁이 저희가 제단을 만들 때 상자 하나를 들고 등대에 들어갔다 나왔습니다. 나올 때는 맨손이었습니다."

"……."

허망하리만큼 쉽게 답이 나왔다.

무혁은 세바스찬에게 디바인 마크를 회수하도록 했다.

로미는 제단의 마법진을 지우고 세바스찬이 회수할 디바인 마크를 이용해 울도를 정상으로 되돌릴 마법진을 그리기로 했다.

이제 무혁과 카를만 남았다.

"널 어떻게 해야 할까?"

"무슨 일이든 시키는 대로 하겠습니다."

거짓은 아닌 것 같았다.

'상관없으려나?'

울도가 정상으로 돌아가면 무혁과 일행은 일상으로 돌아간다.

이제 카를은 국정원이나 CIA 소관이다.

무혁은 상자 하나를 들고 등대에서 나오고 있는 세바스찬을 가리키며 카를에게 당부했다.

"그 말 잊지 말아라. 난 몰라도 저기 저 세바스찬은 성질이 지랄 맞거든."

"네… 네."

그런데 세바스찬이 손을 흔들며 소리쳤다.

"형!"

"왜?"

"형~! 피해~!"

"뭘~?"

무혁보다 카를이 먼저 움직였다.

아니, 변화했다.

카를의 몸이 그 자리에서 무너지듯 녹아내렸다.

<u>스스스스.</u>

"……?!"

그걸로 끝이 아니었다.

녹아내리는 카를 너머로, 세바스찬에게 잘린 머리를 손에
집어 든 카이탁이 천천히 일어나고 있었다.

『생텀』 2권에 계속…

이제부터 전자책은

이젠북

www.ezenbook.co.kr

새로운 세계가 열린다!

김현우 퓨전 판타지 소설

레드 크로니클
Red Chronicle

『드림워커』, 『컴플리트 메이지』의 작가
김현우가 색다르게 선보이는 자신작!

『레드 크로니클』

백 년의 세월 검을 들고 검의 오의에
다가선 남자 티엘 로운.

모든 것을 베는 그가 마지막으로
검을 휘둘렀을 때
그를 찾아온 것은 갈라진 시공간,
그리고… 자신의 젊은 시절이었다!

"하암, 귀찮군."

검의 오의를 안 남자가 대륙을 바꾼다!
티엘 로운의 대륙 질풍기!

Book Publishing CHUNGEORAM

유행이 아닌 자유추구-
WWW.chungeoram.com

용병귀환

유왕 판타지 장편 소설

수십 년 전, 용병왕의 등장으로 생겨난
왕국과 용병의 세계.
평소엔 한없이 가볍지만 화나면 누구보다 무서운,
놀고먹고 싶은 그가 돌아왔다!

하지만 바람과는 달리 과거 그의 앙숙과 대륙의 판도는
도저히 그를 놓아주질 않는데……

"용병은 그냥, 돈 받고 칼을 빌려주는 놈들이니까."

그의 용병 철학은 단순했다.

"물론, 누구에게 빌려주느냐가 문제겠지?"

도시의 주인

말리브 장편 소설

FUSION FANTASTIC STORY

말리브 작가의 신작 현대 판타지!

죽기 위해 오른 히말라야.
그러나, 죽음의 끝에 기연을 만나다!

『도시의 주인』

다시 한 번 주어진 운명.
이제까지의 과거는 없다!

소중한 이를 위해! 정의를 외친다!

Book Publishing CHUNGEORAM